GIGANTUM
INVISIBILIS COLLEGIUM
PASSAGEUS MAGICAE
DIMENSIONEM POCKETUM
GIGANTUM

# LE COLLÈGE INVISIBLE

TOME 1 ~ CANCRUS SUPREMUS


SCÉNARIO
ANGE

DESSIN
DONSIMONI

COULEURS
BESSON

soleil

Un grand merci à Anne et Gérard pour m'avoir laissé sortir de mon placard une fois par mois
ainsi que pour le bol de soupe hebdomadaire.
Un merci spécial à Alain Janolle pour m'avoir fouetté chaque jour afin que je progresse.
Merci aux autres membres d'Overcrom : Nico, Manu, Alain et à toutes les mascottes :
Marie, Sandie, Laetitia, Luc, Val, Ngam et Sylvie pour avoir soutenu mes tortionnaires.
Merci à toute ma famille et mes amis : Natie, Valérie, Marie-A, Dom, Matthieu, Cédric, Charles, Jérôme, Rod, Jibé, Chravisss et Dav
pour ne pas avoir prévenu la police de mes conditions de vie.
Merci aussi à Rodolphe Soublin et Éric Derian sans qui je ne serais pas dans cet enfer.
Et merci à Adeline, Odile et à l'équipe de Soleil pour avoir supporté mes formats de planches...
Au secours...
**Rej**

Le Collège Invisible est dédié à tous ceux qui, par leurs romans, leurs bandes dessinées et leurs films,
nous ont nourris, nous nourrissent et nous nourriront encore longtemps,
ainsi qu'à Régis pour avoir su exprimer tout son talent au milieu de tant de souffrances... fallait pas signer...
**Anne et Gérard**

Un grand merci à Fred Besson pour le joli coloriage.
**Les auteurs**

**Des mêmes auteurs**

**Chez Soleil**

**Le Collège invisible**
Tome 1 : Cancrus supremus
Tome 2 : Furor draconis
Tome 3 : Astralum cauchemardem
Tome 4 : Duelum magickum

*De Ange*

**Chez Soleil**

**La Cicatrice du souvenir**
*Dessin de Paty*
Tome 1 : Les Évadés de Kanash
Tome 2 : Le Cristal de Baïn
Tome 3 : Le Livre d'Erkor

**La Geste des Chevaliers Dragons**
*Dessin de Varanda*
Tome 1 : Jaïna
*Dessin de Briones*
Tome 2 : Akanah

**Kookaburra Universe**
*Dessin de Paty*
Tome 2 : Taman Kha
Tome 3 : Mano Kha

**Némésis**
*Dessin de Janolle*
Tome 1 : Level Eleven
Tome 2 : Babalon Working
Tome 3 : Critical Mass
Tome 4 : Nanotech
Tome 5 : Terminal Crash

**Paradis Perdu**
*Dessin de Varanda*
Tome 1 : Enfer
*Dessin de Xavier*
Tome 2 : Purgatoire

**Le Souffle**
*Dessin de Xavier*
Tome 1 : De Feu et de Sang

**Chez Vents d'Ouest**

**Bloodline**
*Dessin de Varanda*
3 tomes parus

**Reflets d'Écume**
*Dessin de Varanda*
2 tomes parus

**Tower**
*Dessin de Goethals*
3 tomes parus

**www.donsimoni-lesite.fr.st**


**Soleil Productions**
15, Bd de Strasbourg
83000 Toulon - France

**Bureaux parisiens**
25, rue Titon - 75011 Paris - France

Conception et réalisation graphique : Studio Soleil

Dépôt légal Octobre 2004 - ISBN : 2 - 84565 - 957 - 1



Impression : PPO Graphic - 93 - France

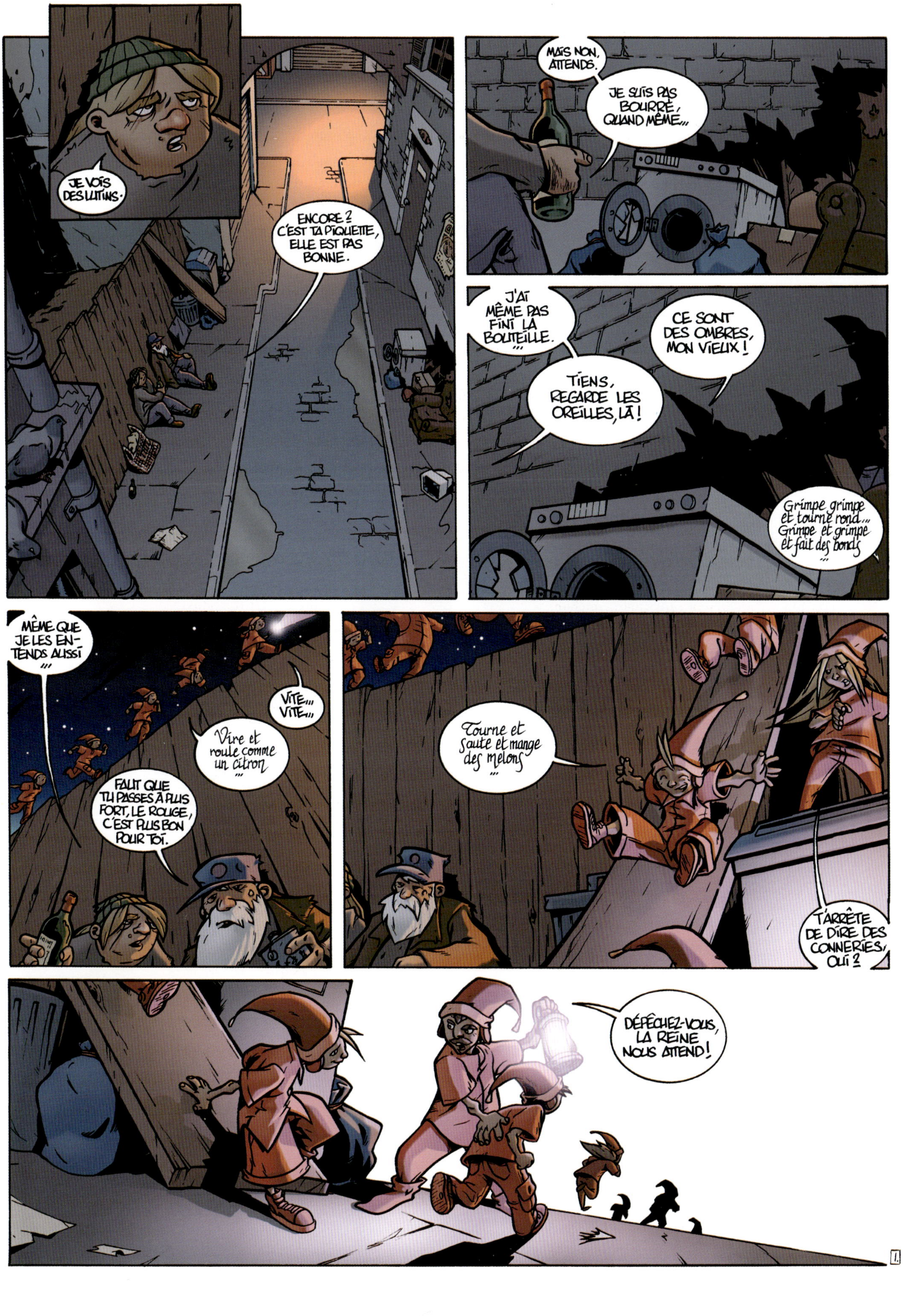
JE VOIS DES LUTINS.
ENCORE ? C'EST TA PIQUETTE, ELLE EST PAS BONNE.
MAIS NON, ATTENDS.
JE SUIS PAS BOURRÉ, QUAND MÊME...
J'AI MÊME PAS FINI LA BOUTEILLE...
CE SONT DES OMBRES, MON VIEUX !
TIENS, REGARDE LES OREILLES, LÀ !
Grimpe grimpe et tourne rond... Grimpe et grimpe et fait des bonds
MÊME QUE JE LES ENTENDS AUSSI...
VITE... VITE...
Vire et roule comme un citron...
FAUT QUE TU PASSES À PLUS FORT, LE ROUGE, C'EST PLUS BON POUR TOI.
Tourne et saute et mange des melons...
T'ARRÊTE DE DIRE DES CONNERIES, OUI ?
DÉPÊCHEZ-VOUS, LA REINE NOUS ATTEND !
1.

ÏL NE SERT À RÏEN D'ERGOTER ET DE DÏSCUTAÏLLER. UNE DÉCÏSÏON DOÏT ÊTRE PRÏSE DANS L'ÏNSTANT !
DÏSCUTAÏLLER, C'EST ENCORE DU VOCABULAÏRE DE LUTÏNS, ÇA ! ON DÏSCUTAÏLLE PAS, ON CAUSE.
NOUS SOMMES TOUS CONSCÏENTS DE LA SÏTUATÏON, VALENTÏNA, MAÏS JE NE VOÏS PAS DE CARACTÈRE D'URGENCE.
SÏ NOUS PRENÏONS LE TEMPS DE LA RÉFLEXÏON POUR VOÏR SÏ...
LE TEMPS ?
LE TEMPS EST PASSÉ, LE TEMPS D'ATTENDRE EST SURPASSÉ, LE TEMPS D'AGÏR EST VENU !

OH, TU PEUX BIEN POUSSER TON GROS...
C'EST PRIS.
DÉGAGE !
HÉ, TOUT LE MONDE A LE DROIT D'ÊTRE LÀ, AUJOURD'HUI...
NOUS NE POUVONS CONTINUER À VAQUER À NOS OCCUPATIONS SANS LA PROTECTION D'UN GARDIEN...
UNE DÉCISION DOIT ÊTRE PRISE !
JE SUIS CONTRE LES DÉCISIONS.
VOUS ÊTES CONTRE TOUT, GROS MORCEAU DE LARD MAL TAILLÉ...
3

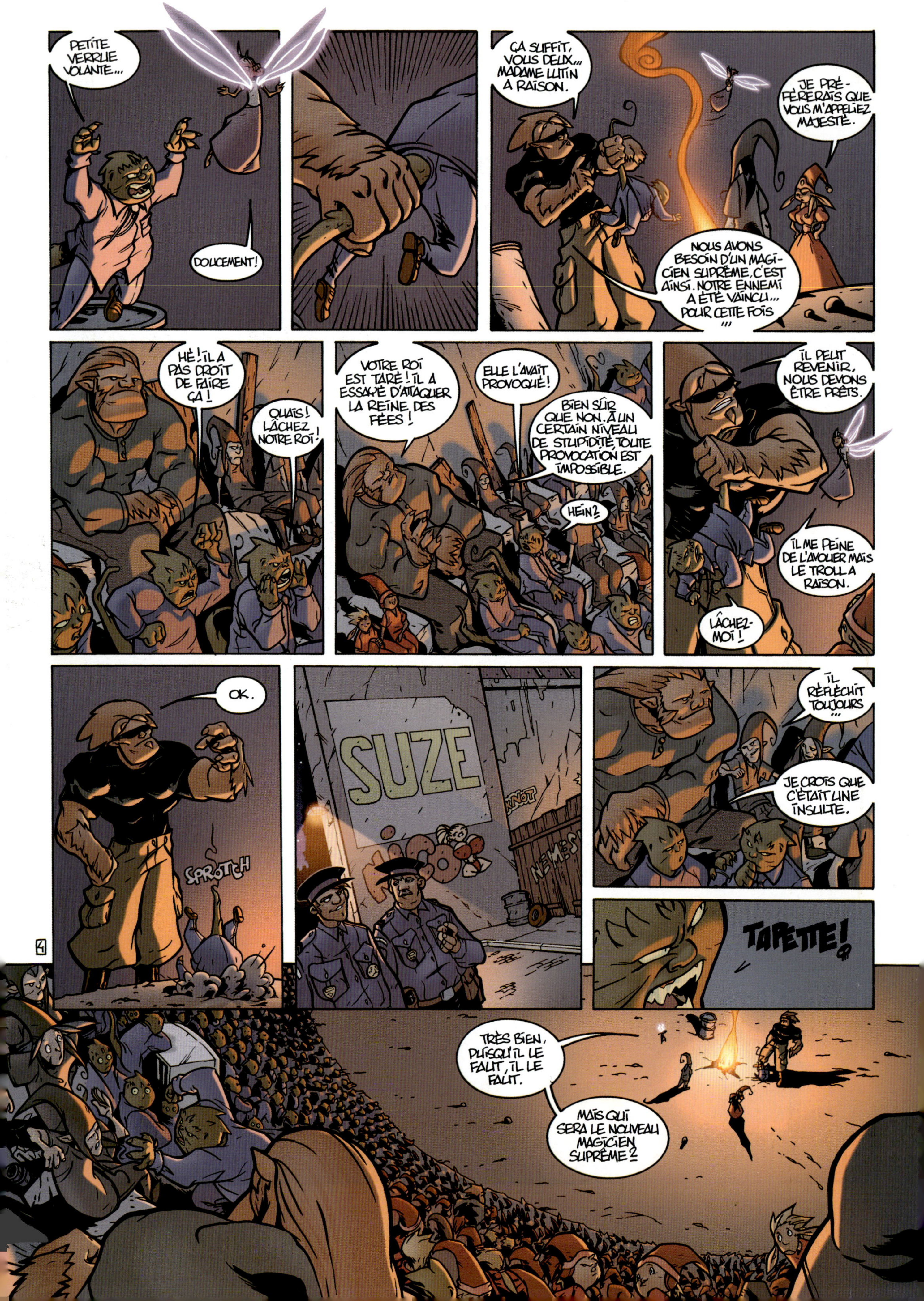
PETITE VERRUE VOLANTE...
DOUCEMENT !
ÇA SUFFIT, VOUS DEUX... MADAME LUTIN A RAISON.
JE PRÉFÉRERAIS QUE VOUS M'APPELIEZ MAJESTÉ.
NOUS AVONS BESOIN D'UN MAGICIEN SUPRÊME. C'EST AINSI. NOTRE ENNEMI A ÉTÉ VAINCU... POUR CETTE FOIS...
HÉ ! IL A PAS DROIT DE FAIRE ÇA !
OUAIS ! LÂCHEZ NOTRE ROI !
VOTRE ROI EST TARÉ ! IL A ESSAYÉ D'ATTAQUER LA REINE DES FÉES !
ELLE L'AVAIT PROVOQUÉ !
BIEN SÛR QUE NON. À UN CERTAIN NIVEAU DE STUPIDITÉ, TOUTE PROVOCATION EST IMPOSSIBLE.
HEIN ?
IL PEUT REVENIR, NOUS DEVONS ÊTRE PRÊTS.
IL ME PEINE DE L'AVOUER MAIS LE TROLL A RAISON.
LÂCHEZ-MOI !
OK.
SPROTCH
SUZE
IL RÉFLÉCHIT TOUJOURS...
JE CROIS QUE C'ÉTAIT UNE INSULTE.
TAPETTE !
TRÈS BIEN, PUISQU'IL LE FAUT, IL LE FAUT.
MAIS QUI SERA LE NOUVEAU MAGICIEN SUPRÊME ?

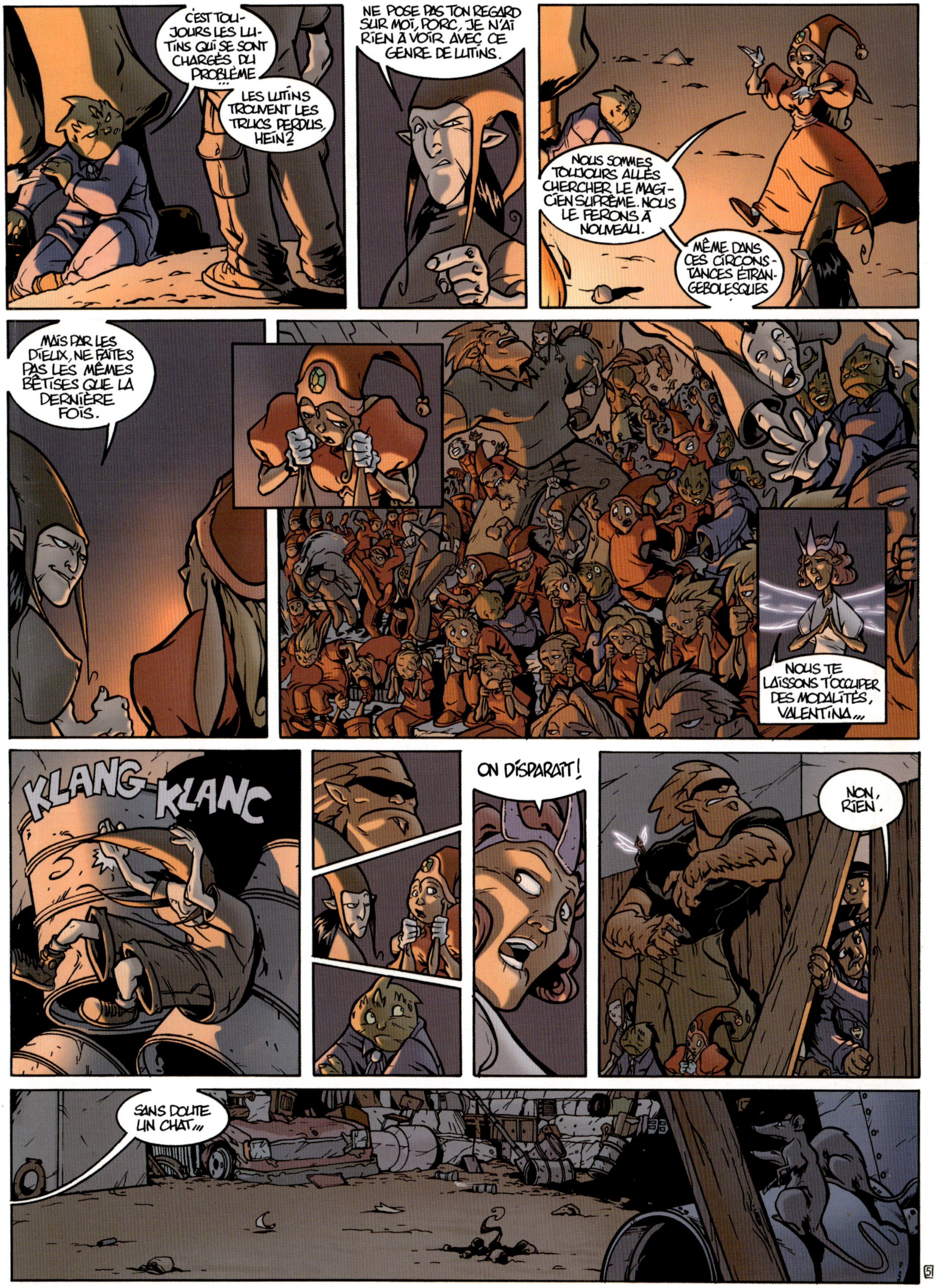
C'EST TOUJOURS LES LUTINS QUI SE SONT CHARGÉS DU PROBLÈME...
LES LUTINS TROUVENT LES TRUCS PERDUS, HEIN ?
NE POSE PAS TON REGARD SUR MOI, PORC, JE N'AI RIEN À VOIR AVEC CE GENRE DE LUTINS.
NOUS SOMMES TOUJOURS ALLÉS CHERCHER LE MAGICIEN SUPRÊME. NOUS LE FERONS À NOUVEAU.
MÊME DANS CES CIRCONSTANCES ÉTRANGEBOLESQUES
MAIS PAR LES DIEUX, NE FAITES PAS LES MÊMES BÊTISES QUE LA DERNIÈRE FOIS.
NOUS TE LAISSONS T'OCCUPER DES MODALITÉS, VALENTINA...
KLANG KLANC
ON DISPARAIT !
NON, RIEN.
SANS DOUTE UN CHAT...
5

LE LENDEMAIN MATIN.
ET POURQUOI ILS NOUS VOIENT PAS, ALORS ?
NOUS SOMMES TOUJOURS DANS L'ANGLE MORT DE LEUR CHAMP DE VISION, C'EST TELLEMENT ANCRÉ QUE C'EST INSTINCTIF.
SI ON VEUT QU'ILS NOUS REMARQUENT, IL FAUT FAIRE UN EFFORT POUR SE METTRE SOUS LEUR NEZ.
C'EST ÇA, LES HUMAINS, ON A VU PLUS FIN.
MAIS SI ON RATE ?
NE T'INQUIÈTE PAS. LA PLUPART DU TEMPS, LEUR CERVEAU NOUS CENSURE. LES LUTINS N'EXISTENT PAS, C'EST BIEN CONNU.
J'ARRIVE PAS À CROIRE QU'ILS NOUS ONT FICHU UN DÉBUTANT POUR CETTE FICHUE MISSION ...
OH, TA FACE, SVEN. ON DOIT TOUS COMMENCER. TU TE RAPPELLES PAS, QUAND T'ÉTAIS NAIN, TOUTES TES BÊTISES ?
OUAIS, BEN JUSTEMENT, C'EST PAS LE MOMENT D'EN FAIRE, DES BÊTISES...
OUAH, C'EST BEAU.
ÇA S'APPELLE UN COLLÈGE, BIBI, ET C'EST LÀ QUE NOUS ALLONS.
TU PENSES QUE ÇA VA MARCHER ?

J'AI TOUT VÉRIFIÉ. C'ÉTAIT RISQUÉ, MAIS PAS IMPOSSIBLE...
IL S'AGISSAIT SEULEMENT DE ...
INCROYABLE QUE ÇA FASSE ENCORE EFFET...
OH BEN, VOUS AVEZ PAS DE CHANCE, VOUS !
C'EST DE L'AUTRE CÔTÉ. MILI, TU ME SUIS, ENSUITE, BIBI, À TOI.
7

BIBI, RETIENS TA RESPIRATION ! VITE !
PLOP
ÇA, ALORS... J'AI CRU VOIR UN LUTIN...
UN LUTIN ?
DRIIING
C'EST MALIN !
BON, ON PEUT Y ALLER MAINTENANT...
AÏE !

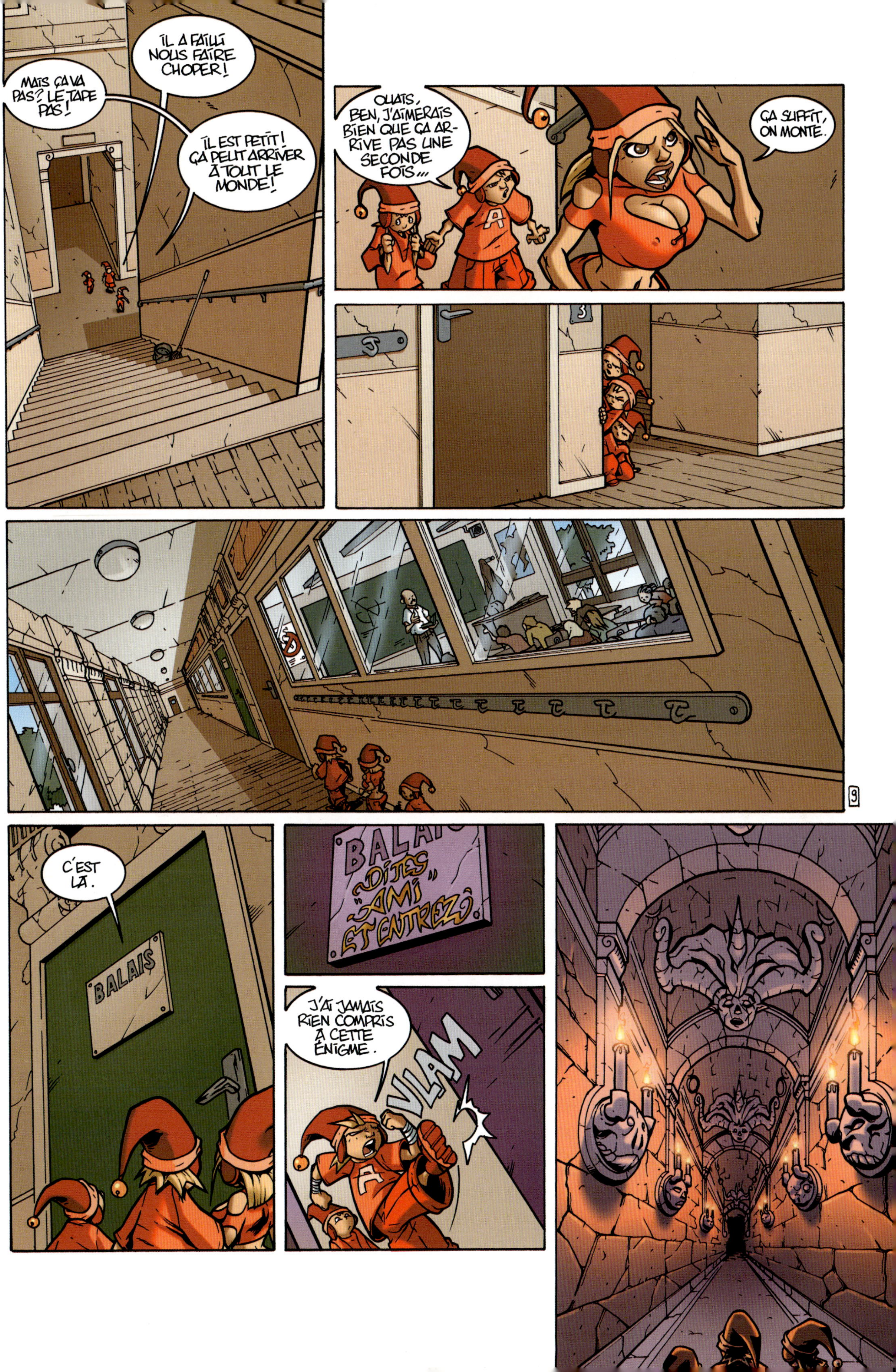
MAIS ÇA VA PAS? LE TAPE PAS!
IL A FAILLI NOUS FAIRE CHOPER!
IL EST PETIT! ÇA PEUT ARRIVER À TOUT LE MONDE!
OUAIS, BEN, J'AIMERAIS BIEN QUE ÇA ARRIVE PAS UNE SECONDE FOIS...
ÇA SUFFIT, ON MONTE.
3
C'EST LÀ.
BALAIS
BALAIS
DITES "AMI" ET ENTREZ
J'AI JAMAIS RIEN COMPRIS À CETTE ÉNIGME.
VLAM

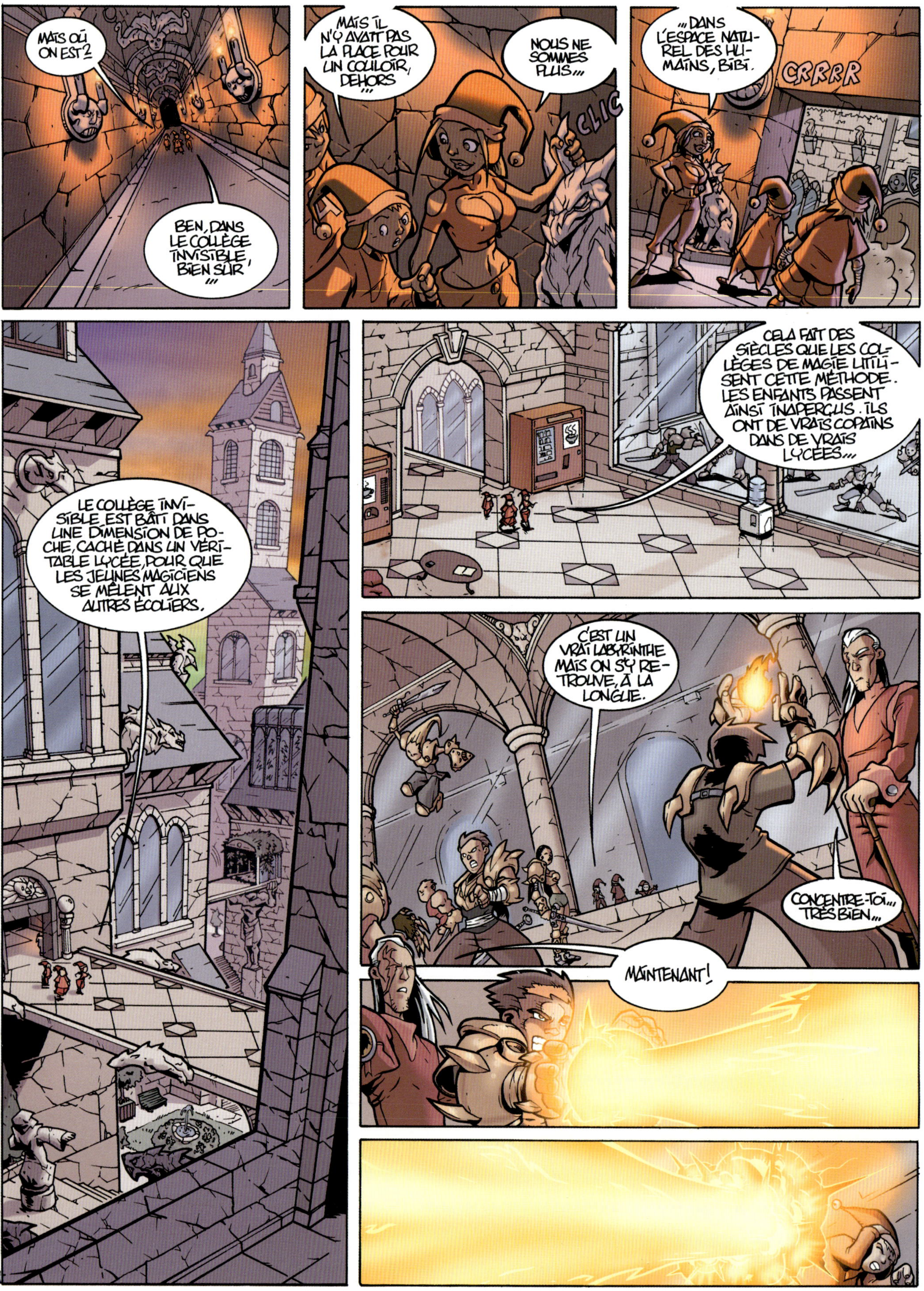
MAIS OÙ ON EST ?
BEN, DANS LE COLLÈGE INVISIBLE, BIEN SÛR ...
MAIS IL N'Y AVAIT PAS LA PLACE POUR UN COULOIR, DEHORS ...
NOUS NE SOMMES PLUS ...
CLIC
... DANS L'ESPACE NATUREL DES HUMAINS, BIBI.
CRRRR
LE COLLÈGE INVISIBLE EST BÂTI DANS UNE DIMENSION DE POCHE, CACHÉ DANS UN VÉRITABLE LYCÉE, POUR QUE LES JEUNES MAGICIENS SE MÊLENT AUX AUTRES ÉCOLIERS.
CELA FAIT DES SIÈCLES QUE LES COLLÈGES DE MAGIE UTILISENT CETTE MÉTHODE. LES ENFANTS PASSENT AINSI INAPERÇUS. ILS ONT DE VRAIS COPAINS DANS DE VRAIS LYCÉES ...
C'EST UN VRAI LABYRINTHE MAIS ON S'Y RETROUVE, À LA LONGUE.
CONCENTRE-TOI ... TRÈS BIEN ...
MAINTENANT !

AH, C'EST COMME ÇA ?
EH BIEN, À MON TOUR.
TU DOIS RÉAGIR PLUS VITE, ROBIN. TU AURAIS DÛ SENTIR VENIR LA CONTRE-ATTAQUE ET ABATTRE JENNA AVANT QU'ELLE NE JETTE SON SORT.
ÇA VA PAS ?
DE TOUS LES HUMAINS, LES MAGICIENS SONT LES PLUS SENSIBLES. ILS NOUS REPÈRENT PLUS FACILEMENT.
ATTAQUE-MOI.
TU VAS NOUS FAIRE PRENDRE !
POC
RUNK
CELUI QU'ON VIENT CHERCHER... IL EST AVEC EUX ?
AVEC LES NA-DRAGONS ? NON, LES MAGICIENS SUPRÊMES NE SONT JAMAIS CHOISIS PARMI LES MAGES DE COMBAT.
MAIS ALORS, ILS SERVENT À QUOI, EUX ?
À CONTRER UNE CERTAINE FORME DE MENACE.
COMME QUOI ?
LES DRAGONS, PAR EXEMPLE !!!
OOOOOH.

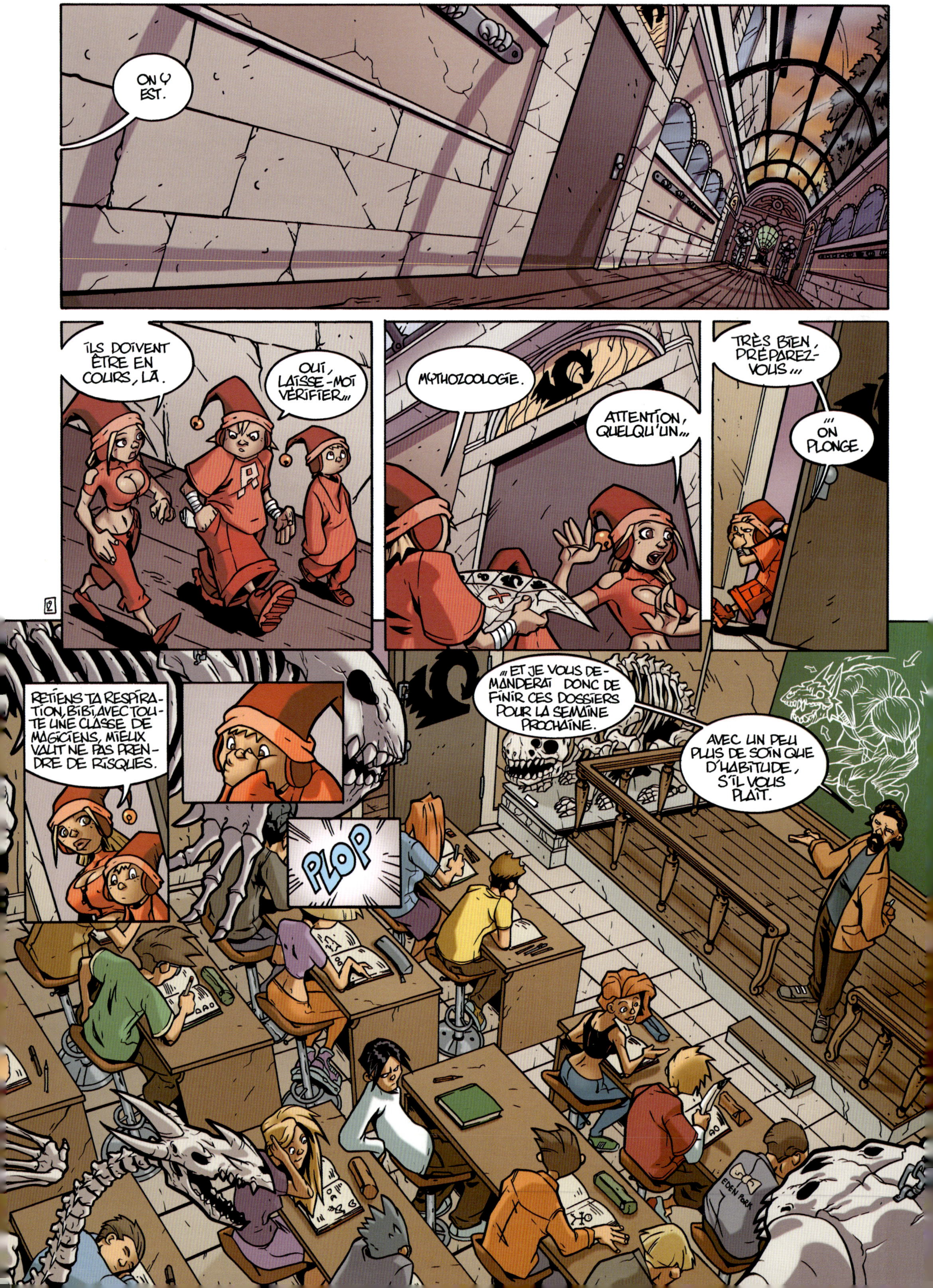

ON Y EST.
ILS DOIVENT ÊTRE EN COURS, LÀ.
OUI, LAISSE-MOI VÉRIFIER...
MYTHOZOOLOGIE.
ATTENTION, QUELQU'UN...
TRÈS BIEN, PRÉPAREZ-VOUS...
... ON PLONGE.
RETIENS TA RESPIRATION, BIBI, AVEC TOUTE UNE CLASSE DE MAGICIENS, MIEUX VAUT NE PAS PRENDRE DE RISQUES.
PLOP
... ET JE VOUS DEMANDERAI DONC DE FINIR CES DOSSIERS POUR LA SEMAINE PROCHAINE.
AVEC UN PEU PLUS DE SOIN QUE D'HABITUDE, S'IL VOUS PLAÎT.

SI VOUS CONTINUEZ À FAIRE AUTANT DE FAUTES, JE ME VERRAI OBLIGÉ D'ENLEVER DES POINTS POUR L'ORTHOGRAPHE.
OÙ EST BIBI ?
VIENS !
PFFF
QUANT AUX RÉSULTATS QUE NOUS ATTENDONS TOUS ...
EH BIEN JUSTEMENT, VOILÀ MONSIEUR LE PROVISEUR.
BONJOUR, LES ENFANTS ...
BIEN, COMME VOUS LE SAVEZ, JE SUIS LÀ POUR VOUS AMENER LES RÉSULTATS DE VOTRE EXAMEN DE LA PLEINE LUNE DE MAGIE FONDAMENTALE.
ET JE DOIS DIRE... EH BIEN, JE DOIS DIRE QUE JE SUIS TRÈS SURPRIS, JE NE PENSE PAS AVOIR ÉTÉ CONFRONTÉ À UN TEL RENVERSEMENT DE SITUATION DANS TOUTE MA CARRIÈRE.
EDEN FORK

LE CLASSEMENT GÉNÉRAL EN A MÊME ÉTÉ MODIFIÉ !
QUOI ?
C'EST EN EFFET GUILLAUME THELEME QUI OBTIENT LA MEILLEURE NOTE... ET QUI DEVIENT PAR LA-MÊME, LE NOUVEAU PREMIER DE LA CLASSE.
LÀ ON A PEUT-ÊTRE POUSSÉ LE BOUCHON UN PEU LOIN...
OUAH-OU !!
BRAVO, GUILLAUME !
FÉLICITATIONS !
TU VOIS, Y SUFFISAIT DE S'Y METTRE.
C'EST DÉGUEULASSE ! ENFIN, C'EST PAS POSSIBLE ! GUILLAUME EST UNE VRAIE QUICHE, TOUT LE MONDE LE SAIT !
JE TE PARIE QUE C'EST DU PISTON, PARCE QU'IL EST LE COUSIN DE "TU SAIS QUI"...
BON, LES ENFANTS, NOUS ALLONS ARRÊTER LE COURS ICI, PUISQUE VOUS AVEZ VOS RÉSULTATS... ET JE DOIS PARLER AVEC MONSIEUR LE PROVISEUR.
MAIS N'OUBLIEZ PAS VOTRE DEVOIR SUR LES LOUPS-GAROUS. C'EST LA DERNIÈRE PHASE CE SOIR.
C'EST GÉNIAL !
COCA ET PIZZA AU MOINS !
ALORS, C'EST BIEN SÛR, IL EST DE RETOUR ?
IL FAUT QU'ON FÊTE ÇA.
HÉLAS OUI, LE PETIT PEUPLE EST EN ÉBULLITION.
...TRUAND...
...TRICHEUR...
..."TU SAIS QUI"...
J'ESPÈRE QU'ILS NE TENTERONT RIEN AVANT QUE NOUS N'AYONS NOMMÉ UN NOUVEAU MAGICIEN SUPRÊME.
IL NE MANQUERAIT PLUS QUE ÇA.
C'EST LUI ALORS, C'EST LUI ?
C'EST LUI ?
C'EST LUI, HEIN ?
BINGO !

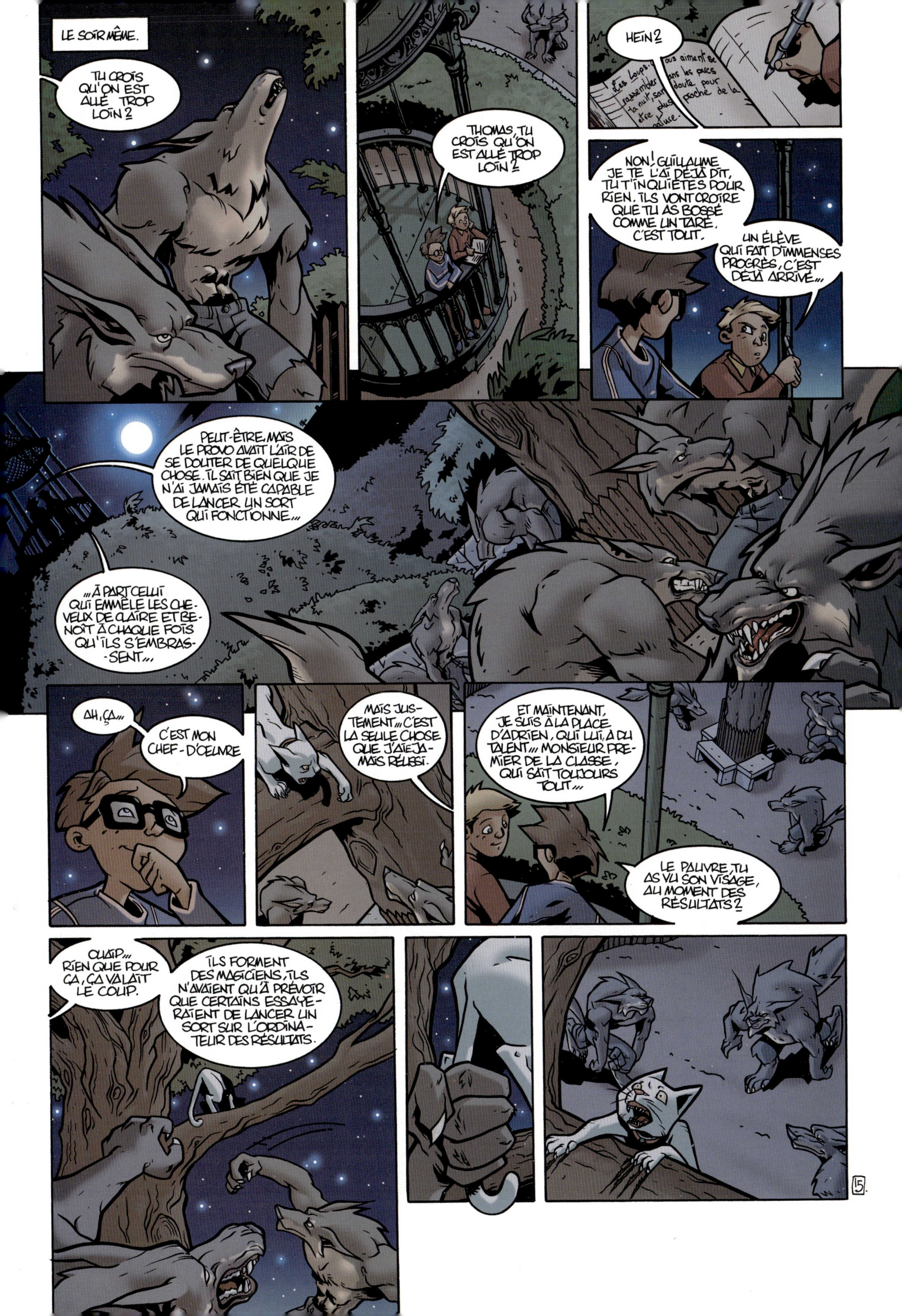
LE SOIR MÊME.
TU CROIS QU'ON EST ALLÉ TROP LOIN ?
THOMAS, TU CROIS QU'ON EST ALLÉ TROP LOIN ?
HEIN ?
NON ! GUILLAUME JE TE L'AI DÉJÀ DIT, TU T'INQUIÈTES POUR RIEN. ILS VONT CROIRE QUE TU AS BOSSÉ COMME UN TARÉ. C'EST TOUT.
UN ÉLÈVE QUI FAIT D'IMMENSES PROGRÈS, C'EST DÉJÀ ARRIVÉ...
PEUT-ÊTRE, MAIS LE PROVO AVAIT L'AIR DE SE DOUTER DE QUELQUE CHOSE. IL SAIT BIEN QUE JE N'AI JAMAIS ÉTÉ CAPABLE DE LANCER UN SORT QUI FONCTIONNE...
...À PART CELUI QUI EMMÊLE LES CHEVEUX DE CLAIRE ET BENOÎT À CHAQUE FOIS QU'ILS S'EMBRASSENT...
AH, ÇA...
C'EST MON CHEF-D'ŒUVRE
MAIS JUSTEMENT... C'EST LA SEULE CHOSE QUE J'AIE JAMAIS RÉUSSI.
ET MAINTENANT, JE SUIS À LA PLACE D'ADRIEN, QUI LUI, A DU TALENT... MONSIEUR PREMIER DE LA CLASSE, QUI SAIT TOUJOURS TOUT...
LE PAUVRE, TU AS VU SON VISAGE, AU MOMENT DES RÉSULTATS ?
OUAIP... RIEN QUE POUR ÇA, ÇA VALAIT LE COUP.
ILS FORMENT DES MAGICIENS, ILS N'AVAIENT QU'À PRÉVOIR QUE CERTAINS ESSAYERAIENT DE LANCER UN SORT SUR L'ORDINATEUR DES RÉSULTATS.

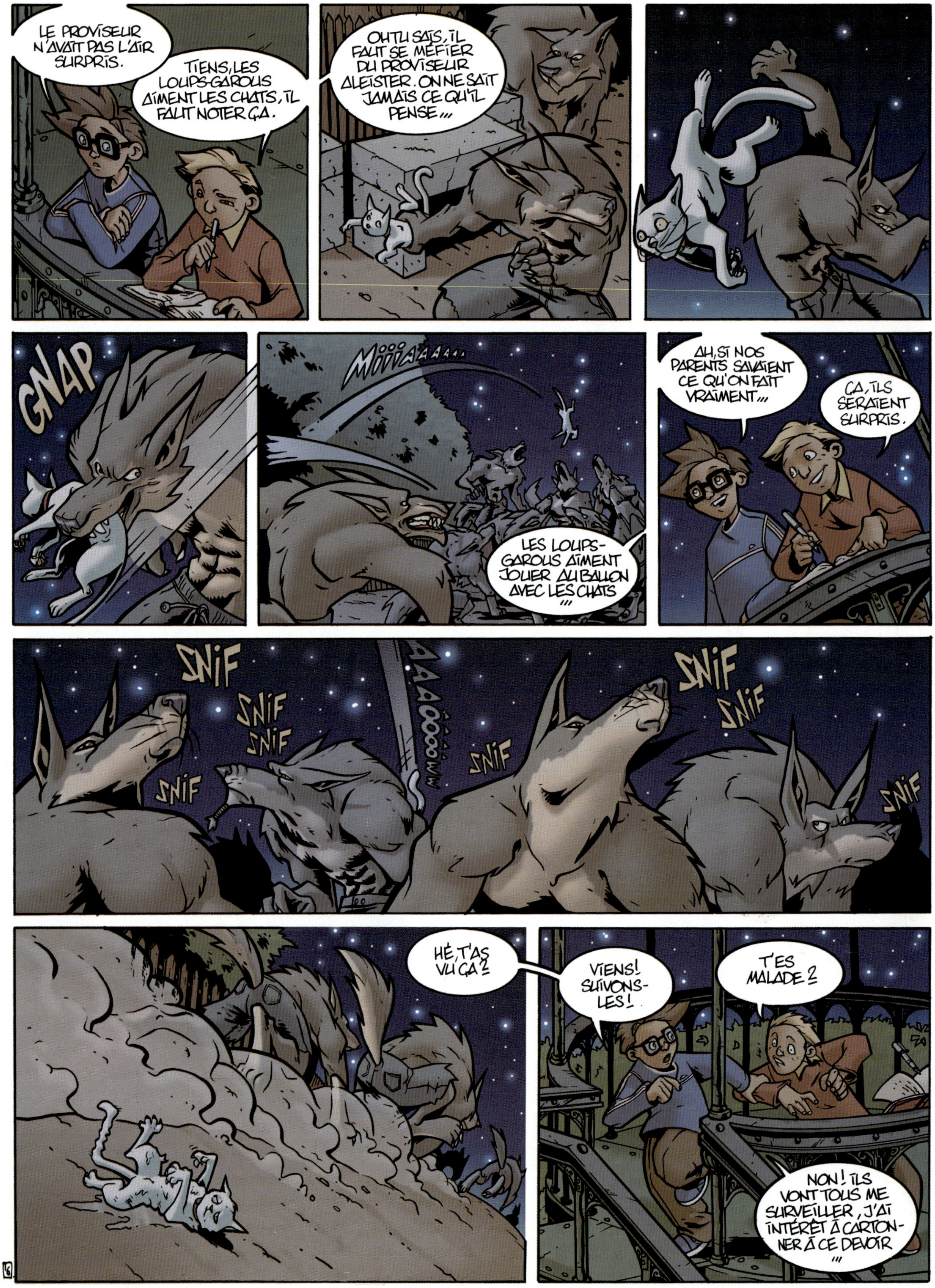

LE PROVISEUR N'AVAIT PAS L'AIR SURPRIS.
TIENS, LES LOUPS-GAROUS AIMENT LES CHATS, IL FAUT NOTER ÇA.
OH TU SAIS, IL FAUT SE MÉFIER DU PROVISEUR ALEISTER. ON NE SAIT JAMAIS CE QU'IL PENSE...
GNAP
MIIIIAAAAA...
LES LOUPS-GAROUS AIMENT JOUER AU BALLON AVEC LES CHATS...
AH, SI NOS PARENTS SAVAIENT CE QU'ON FAIT VRAIMENT...
ÇA, ILS SERAIENT SURPRIS.
SNIF
SNIF
SNIF
SNIF
AAAOOOOWWW
SNIF
SNIF
SNIF
SNIF
HÉ, T'AS VU ÇA ?
VIENS ! SUIVONS-LES !
T'ES MALADE ?
NON ! ILS VONT TOUS ME SURVEILLER, J'AI INTÉRÊT À CARTONNER À CE DEVOIR...

SUIVRE DES LOUPS-GAROUS,
LA NUIT,
DANS UN ENDROIT DÉSERT,
C'EST PAS DANS LE MANUEL À "STUPIDE", ÇA ?
JE NOUS IMAGINE DÉJÀ : "VOUS COMPRENEZ, MONSIEUR LE PROVISEUR, GUILLAUME VOULAIT AVOIR UNE BONNE NOTE À SON DEVOIR...
OUI, JE SAIS. IL VA AVOIR DU MAL À RÉUSSIR SES RITUELS, AVEC UN BRAS EN MOINS...
ILS SONT ENTRÉS LÀ...
FIAT LUX.
ÔÔÔÔÔ
EH ! C'EST PRATIQUE, ÇA ! ...
TU SAIS, NOUS SOMMES DANS LA MÊME CLASSE, TU ES CENSÉ SAVOIR LE FAIRE.
MOI, QUAND J'AI ESSAYÉ, J'AI INVOQUÉ GUY LUX.
Grrr
Woof
TU NE TROUVES PAS QUE ÇA SENT LE COCHON BRÛLÉ ?
ATTENDS.
Woof
ÔÔÔÔ
Grrrr

CASSONS-NOUS, LAISSONS-LE SE FAIRE BOUFFER.
C'EST UN DRAGON, UN DESTRUCTEUR !
VITE !
NON !
NOOOOON !!
ON VA MOURIR ...
MÉTÉOR CAVEAT.
BROOOOOM
BROOOOOM

VIENS ...
AÏE!
ON A DÛ TOUCHER UNE GALERIE!
QU'EST-CE QUE VOUS FAITES LÀ, LES GAMINS?
STOPPEZ LES MACHINES!
ON S'EST PERDUS, MONSIEUR.
PERDUS, OUI C'EST ÇA, BIEN SÛR, ALLEZ, SORTEZ-MOI DE LÀ ET DISPARAISSEZ... C'EST DANGEREUX, ICI ...
JE COMPRENDS PAS, DANS STAR WARS, LES JÉDIS RÉUSSISSENT TOUJOURS.
ET PUIS TOI, IL VA FALLOIR QUE TU M'EXPLIQUES CE QUE TU AS FAIT DANS LA GALERIE.
AU FAIT, TU AS UN DRAGON SOUS TON SWEAT OU TU ES CONTENT DE ME VOIR?!

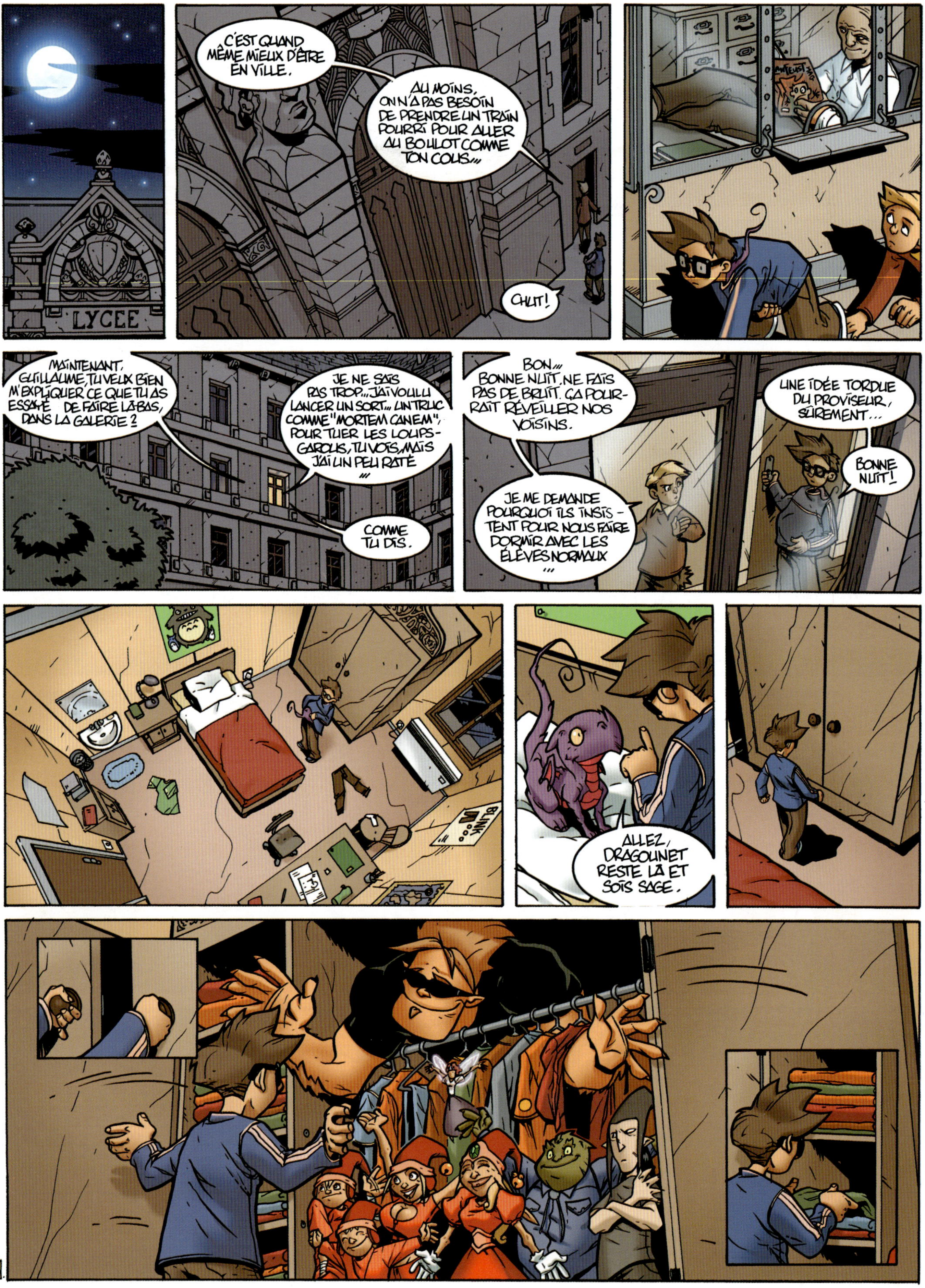
LYCEE
C'EST QUAND MÊME MIEUX D'ÊTRE EN VILLE.
AU MOINS, ON N'A PAS BESOIN DE PRENDRE UN TRAIN POURRI POUR ALLER AU BOULOT COMME TON COUS...
CHUT !
MAINTENANT, GUILLAUME, TU VEUX BIEN M'EXPLIQUER CE QUE TU AS ESSAYÉ DE FAIRE LÀ-BAS, DANS LA GALERIE ?
JE NE SAIS PAS TROP... J'AI VOULU LANCER UN SORT... UN TRUC COMME "MORTEM CANEM", POUR TUER LES LOUPS-GAROUS, TU VOIS, MAIS J'AI UN PEU RATÉ...
COMME TU DIS.
BON... BONNE NUIT. NE FAIS PAS DE BRUIT. ÇA POURRAIT RÉVEILLER NOS VOISINS.
JE ME DEMANDE POURQUOI ILS INSISTENT POUR NOUS FAIRE DORMIR AVEC LES ÉLÈVES NORMAUX...
UNE IDÉE TORDUE DU PROVISEUR, SÛREMENT...
BONNE NUIT !
ALLEZ, DRAGOUNET RESTE LÀ ET SOIS SAGE.

ÎL NOUS A PAS VUS ...
POURQUOI ÎL NOUS A PAS VUS ?
MILÎ VAS-Y.
VOUS SAVEZ COMMENT SONT LES HUMAÎNS QUAND ÎL S'AGIT D'ÊTRES MAGIQUES ...
EH BÎEN, ÎL VA FALLOIR LUI METTRE LES POINTS SUR LES "Î".
COUCOU !
HEÎN ?
Ô, PUISSANT GUILLAUME. NOUS SOMMES VENUS POUR VOUS ANNONCER VOTRE NOMINATION EN TANT QUE NOUVEAU MAGICIEN SUPRÊME.
QUOI ? QUI ÊTES-VOUS ? QUE FAITES-VOUS DANS MA CHAMBRE ?
C'EST POUR NOUS UN GRAND HONNEUR DE VOUS VOIR EN PERSONNE, ET EN TANT QUE REPRÉSENTANTE DU HAUT-CONSEIL DES ÊTRES MAGIQUES EN CETTE AFFAIRE, ÎL ME REVIENT DE VOUS PRÉSENTER LES CONSEILLERS PRÉSENTS ÎCI CE SOÎR ...
JE SUIS LA REINE DU PEUPLE DES LUTINS, MES AMIS M'APPELLENT VALENTINA, SA MAJESTÉ LA REINE DES FÉES S'EST ELLE AUSSI DÉPLACÉE ...
TOUT SERA BIENTÔT CLAIR ...
QUOI ?!
... AINSI QUE LE SOMBRE PRINCE DES LUTINS NOIRS, SA MAJESTÉ PLANTEUR LE ROI DU PEUPLE DES GOBELINS ET SIRE TROLL DONT LE SEUL REGARD INSPIRE À SES ENNEMIS LA CRAINTE ET LA TERREUR.
MAIS ... JE NE COMPRENDS PAS ...
OÙ EST LA REINE DES FÉES ?
BEN, TU SAIS CE QUE MANGENT LES DRAGONS ?
UN DRAGON !!!
21

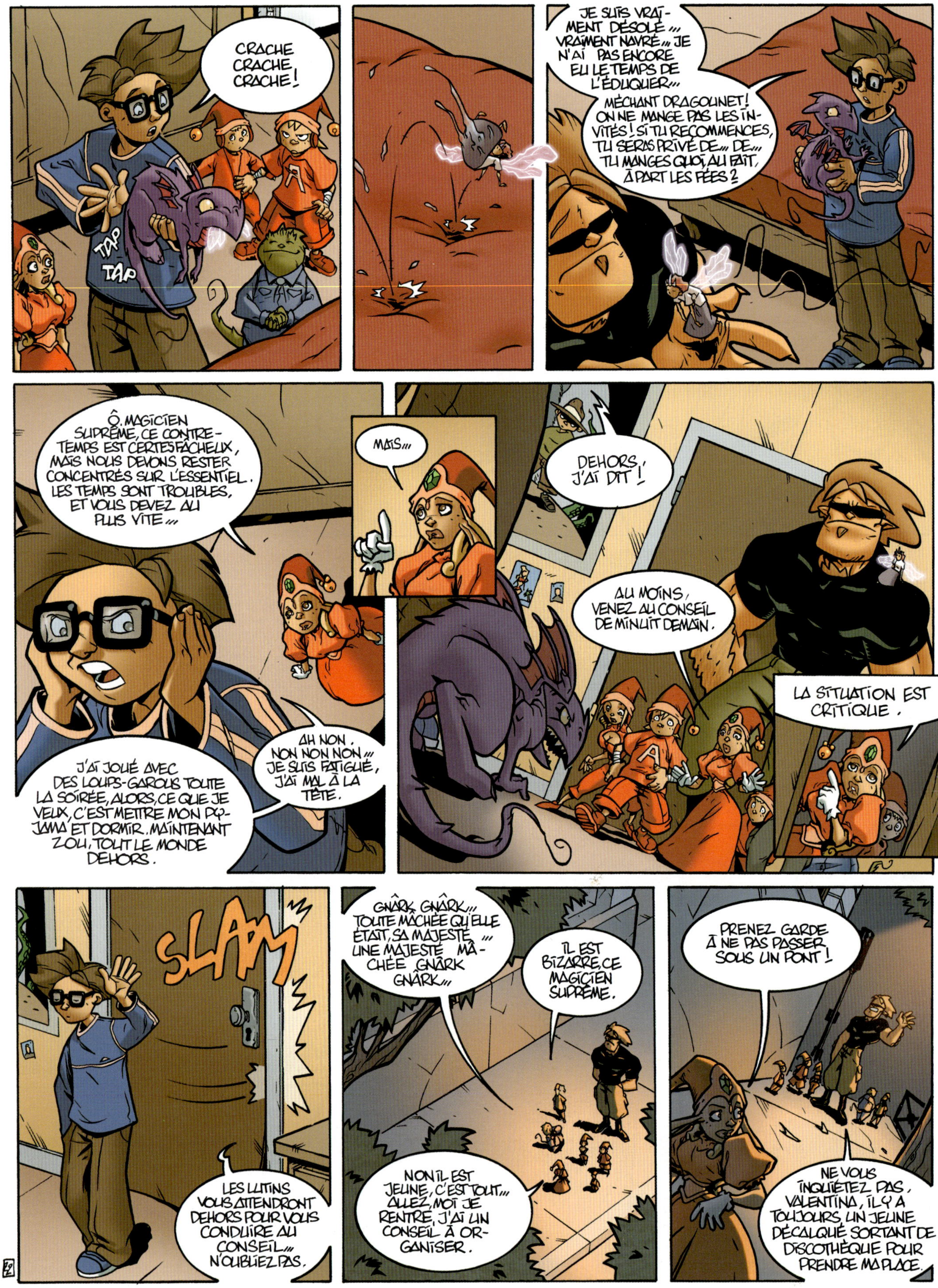
CRACHE CRACHE CRACHE !
TAP TAP
JE SUIS VRAIMENT DÉSOLÉ... VRAIMENT NAVRÉ... JE N'AI PAS ENCORE EU LE TEMPS DE L'ÉDUQUER...
MÉCHANT DRAGOUNET ! ON NE MANGE PAS LES INVITÉS ! SI TU RECOMMENCES, TU SERAS PRIVÉ DE... DE... TU MANGES QUOI, AU FAIT, À PART LES FÉES ?
Ô, MAGICIEN SUPRÊME, CE CONTRETEMPS EST CERTES FÂCHEUX, MAIS NOUS DEVONS RESTER CONCENTRÉS SUR L'ESSENTIEL. LES TEMPS SONT TROUBLES, ET VOUS DEVEZ AU PLUS VITE...
J'AI JOUÉ AVEC DES LOUPS-GAROUS TOUTE LA SOIRÉE, ALORS, CE QUE JE VEUX, C'EST METTRE MON PYJAMA ET DORMIR. MAINTENANT ZOU, TOUT LE MONDE DEHORS.
AH NON. NON NON NON... JE SUIS FATIGUÉ, J'AI MAL À LA TÊTE.
MAIS...
DEHORS, J'AI DIT !
AU MOINS, VENEZ AU CONSEIL DE MINUIT DEMAIN.
LA SITUATION EST CRITIQUE.
SLAM
LES LUTINS VOUS ATTENDRONT DEHORS POUR VOUS CONDUIRE AU CONSEIL... N'OUBLIEZ PAS.
GNÂRK GNÂRK... TOUTE MÂCHÉE QU'ELLE ÉTAIT, SA MAJESTÉ... UNE MAJESTÉ MÂCHÉE GNÂRK GNÂRK...
IL EST BIZARRE, CE MAGICIEN SUPRÊME.
NON IL EST JEUNE, C'EST TOUT... ALLEZ, MOI JE RENTRE, J'AI UN CONSEIL À ORGANISER.
PRENEZ GARDE À NE PAS PASSER SOUS UN PONT !
NE VOUS INQUIÉTEZ PAS, VALENTINA, IL Y A TOUJOURS UN JEUNE DÉCALQUÉ SORTANT DE DISCOTHÈQUE POUR PRENDRE MA PLACE.

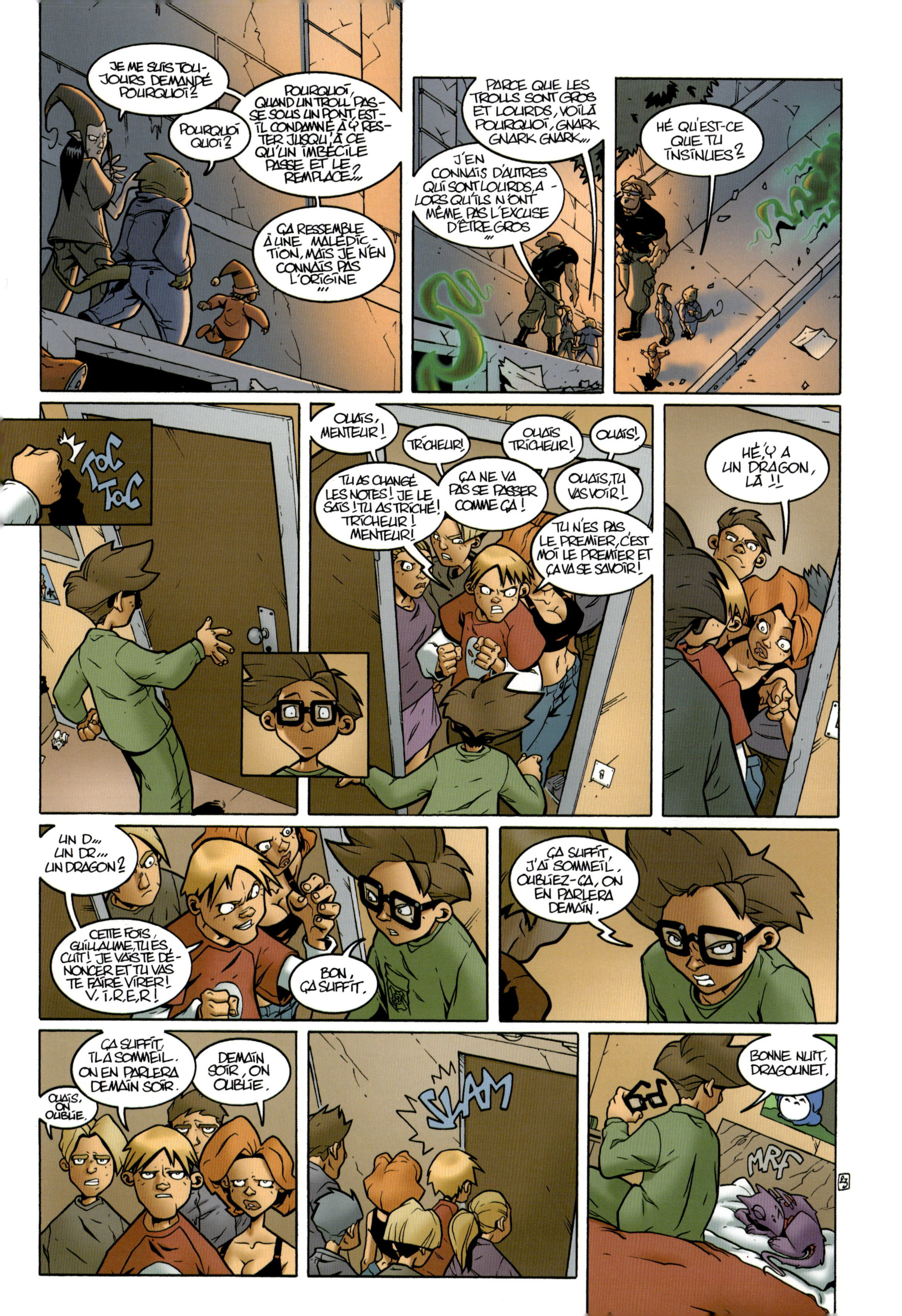
JE ME SUIS TOUJOURS DEMANDÉ POURQUOI !
POURQUOI QUOI ?
POURQUOI, QUAND UN TROLL PASSE SOUS UN PONT, EST-IL CONDAMNÉ À Y RESTER JUSQU'À CE QU'UN IMBÉCILE PASSE ET LE REMPLACE ?...
ÇA RESSEMBLE À UNE MALÉDICTION, MAIS JE N'EN CONNAIS PAS L'ORIGINE...
PARCE QUE LES TROLLS SONT GROS ET LOURDS, VOILÀ POURQUOI, GNARK GNARK GNARK...
J'EN CONNAIS D'AUTRES QUI SONT LOURDS, ALORS QU'ILS N'ONT MÊME PAS L'EXCUSE D'ÊTRE GROS...
HÉ QU'EST-CE QUE TU INSINUES ?
TOC TOC
OUAIS, MENTEUR !
TRICHEUR !
OUAIS TRICHEUR !
OUAIS !
TU AS CHANGÉ LES NOTES ! JE LE SAIS ! TU AS TRICHÉ ! TRICHEUR ! MENTEUR !
ÇA NE VA PAS SE PASSER COMME ÇA !
OUAIS, TU VAS VOIR !
TU N'ES PAS LE PREMIER, C'EST MOI LE PREMIER ET ÇA VA SE SAVOIR !
HÉ, Y A UN DRAGON, LÀ !!
UN D... UN DR... UN DRAGON ?
CETTE FOIS, GUILLAUME, TU ES CUIT ! JE VAIS TE DÉNONCER ET TU VAS TE FAIRE VIRER ! V.I.R.E.R !
BON, ÇA SUFFIT.
ÇA SUFFIT, J'AI SOMMEIL. OUBLIEZ-ÇA, ON EN PARLERA DEMAIN.
ÇA SUFFIT, T'AS SOMMEIL. ON EN PARLERA DEMAIN SOIR.
OUAIS, ON OUBLIE.
DEMAIN SOIR, ON OUBLIE.
SLAM
BONNE NUIT, DRAGOUNET.
MRF

LE LENDEMAIN MATIN.
DANS TON PLACARD ? BEN ÇA, C'EST UNE HISTOIRE.
OUAIS ET TOI ÇA VA ?
DURE NUIT, J'AI MAL AUX FESSES DEPUIS NOTRE PETITE AVENTURE D'HIER.
QUOI ?
TU SAIS, TU PEUX PAS LE GARDER, TON DRAGON.
JE ME SUIS RENSEIGNÉ... C'EST TERRIBLE, J'AI REGARDÉ DANS LE MANUEL DE MYTHOZOOLOGIE ET LES DRAGONS MANGENT DES...
DES FÉES, OUI, OUI, JE SAIS...
NON, ENFIN OUI, AUSSI, MAIS LES JEUNES DRAGONS MANGENT SURTOUT DES SAUTERELLES, C'EST DÉGOÛTANT.
LES FÉES, LES SAUTERELLES, C'EST KIF KIF...
OUAIS, EH BEN TU PEUX QUAND MÊME PAS LE GARDER... ON N'EST PAS DANS UN COLLÈGE DE CAMPAGNE ICI, ON N'A PAS LE DROIT AUX FAMILIERS.
EN TOUT CAS, UN DRAGON ÇA EN JETTE PLUS QU'UNE PAUVRE CHOUETTE, IL VA EN FAIRE UNE JAUNISSE, MON COUS...
DRIIIING
ET ALORS ? TU VAS Y ALLER CE SOIR ?
OH JE CROIS PAS, NON. ÇA ME BOURRE, CETTE HISTOIRE.

... GUILLAUME VA NOUS PROUVER QU'IL MÉRITE SA PLACE DE PREMIER DE LA CLASSE.
D'ACCORD, GUILLAUME ?
VOYONS... UN PEU DE CRÉATIVITÉ ...
CITE-MOI UN SORT D'ADHÉSION DU PREMIER GROUPE.
"LATINUM CUISINAE" MADAME.
TRÈS BIEN, CHARMAINE.
ALLEZ, UNE PETITE DERNIÈRE POUR FINIR LA JOURNÉE...
IL VA SE PLANTER... IL VA SE PLANTER ...
IL VA SE PLANTER... IL VA SE PLANTER ...
IL VA SE PLANTER... IL VA SE PLANTER ...
JE VAIS ME PLANTER ...
BENOÎT ET CLAIRE...
BENOUAHAYCKLER ?
PARDON ?
BE-NOÎT ET CLAÎ-REUH !!
CAPILO TRACTOR !
TRÈS BIEN ! MAIS JE N'EN ATTENDAIS PAS MOINS DE TOI, BIEN SÛR.

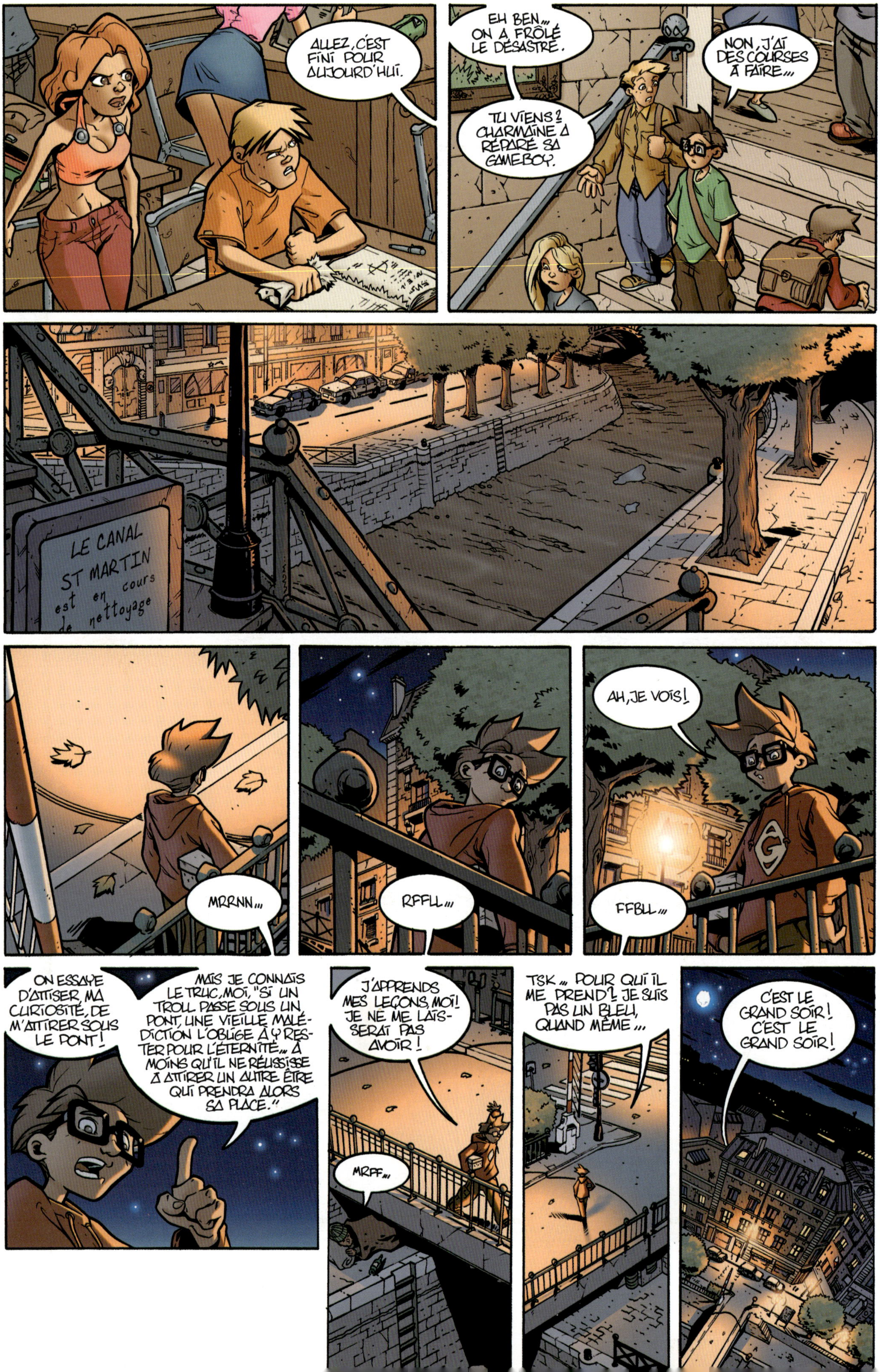
ALLEZ, C'EST FINI POUR AUJOURD'HUI.
EH BEN... ON A FRÔLÉ LE DÉSASTRE.
TU VIENS ? CHARMAINE A RÉPARÉ SA GAMEBOY.
NON, J'AI DES COURSES À FAIRE...
LE CANAL ST MARTIN est en cours de nettoyage
MRRNN...
RFFLL...
AH, JE VOIS !
FFBLL...
ON ESSAYE D'ATTISER MA CURIOSITÉ, DE M'ATTIRER SOUS LE PONT !
MAIS JE CONNAIS LE TRUC, MOI, "SI UN TROLL PASSE SOUS UN PONT, UNE VIEILLE MALÉDICTION L'OBLIGE À Y RESTER POUR L'ÉTERNITÉ... À MOINS QU'IL NE RÉUSSISSE À ATTIRER UN AUTRE ÊTRE QUI PRENDRA ALORS SA PLACE."
J'APPRENDS MES LEÇONS, MOI ! JE NE ME LAISSERAI PAS AVOIR !
MRFF...
TSK... POUR QUI IL ME PREND ? JE SUIS PAS UN BLEU, QUAND MÊME...
C'EST LE GRAND SOIR ! C'EST LE GRAND SOIR !

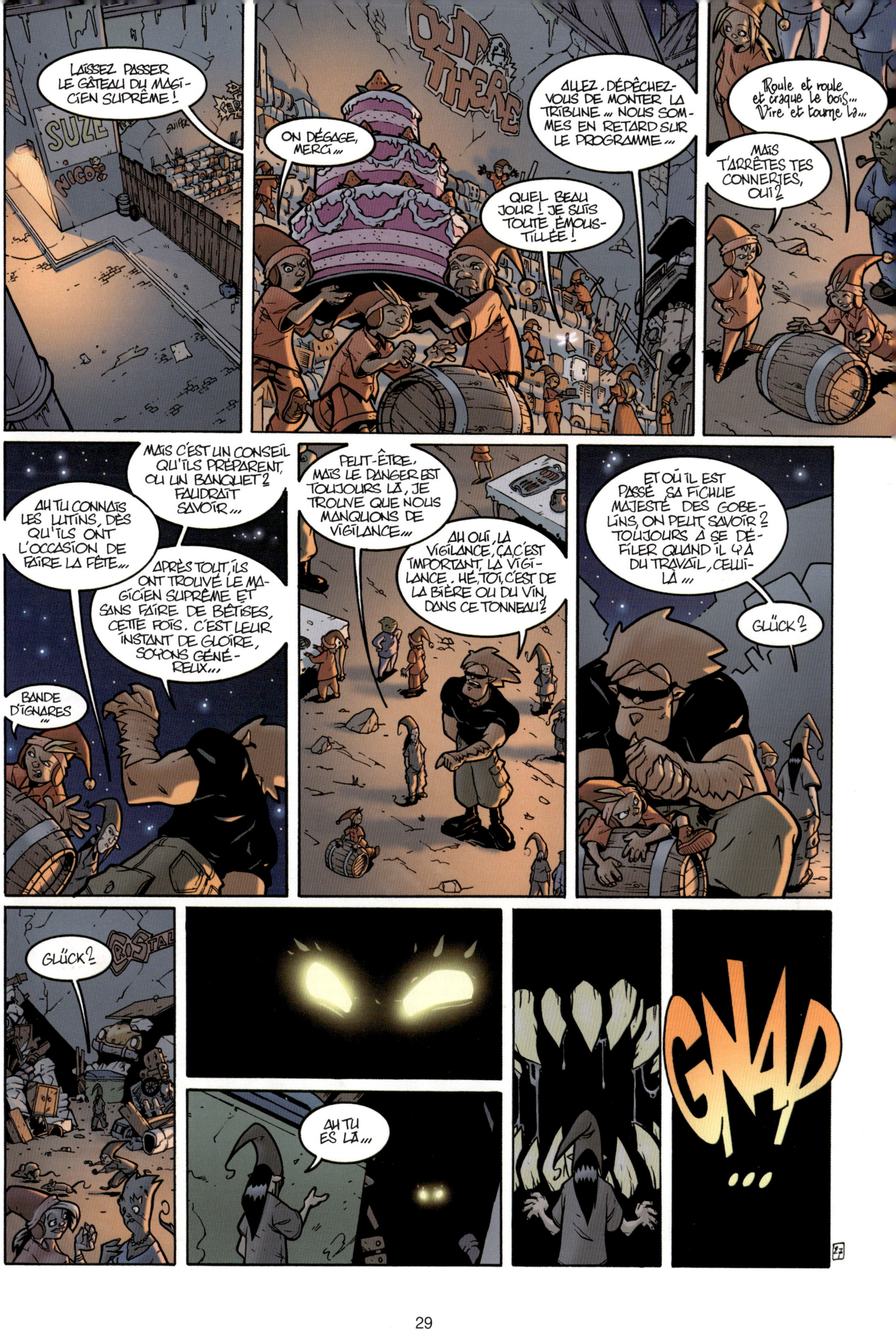
LAISSEZ PASSER LE GÂTEAU DU MAGICIEN SUPRÊME !
ON DÉGAGE, MERCI...
ALLEZ, DÉPÊCHEZ-VOUS DE MONTER LA TRIBUNE... NOUS SOMMES EN RETARD SUR LE PROGRAMME...
QUEL BEAU JOUR ! JE SUIS TOUTE ÉMOUSTILLÉE !
Roule et roule et craque le bois... Vire et tourne la...
MAIS T'ARRÊTES TES CONNERIES, OUI ?
MAIS C'EST UN CONSEIL QU'ILS PRÉPARENT, OU UN BANQUET ? FAUDRAIT SAVOIR...
AH TU CONNAIS LES LUTINS, DÈS QU'ILS ONT L'OCCASION DE FAIRE LA FÊTE...
APRÈS TOUT, ILS ONT TROUVÉ LE MAGICIEN SUPRÊME ET SANS FAIRE DE BÊTISES, CETTE FOIS. C'EST LEUR INSTANT DE GLOIRE, SOYONS GÉNÉREUX...
BANDE D'IGNARES...
PEUT-ÊTRE, MAIS LE DANGER EST TOUJOURS LÀ, JE TROUVE QUE NOUS MANQUONS DE VIGILANCE...
AH OUI, LA VIGILANCE, ÇA C'EST IMPORTANT, LA VIGILANCE. HÉ, TOI, C'EST DE LA BIÈRE OU DU VIN, DANS CE TONNEAU ?
ET OÙ IL EST PASSÉ, SA FICHUE MAJESTÉ DES GOBELINS, ON PEUT SAVOIR ? TOUJOURS À SE DÉFILER QUAND IL Y A DU TRAVAIL, CELUI-LÀ...
GLÜCK ?
GLÜCK ?
AH TU ES LÀ...
GNAP
...

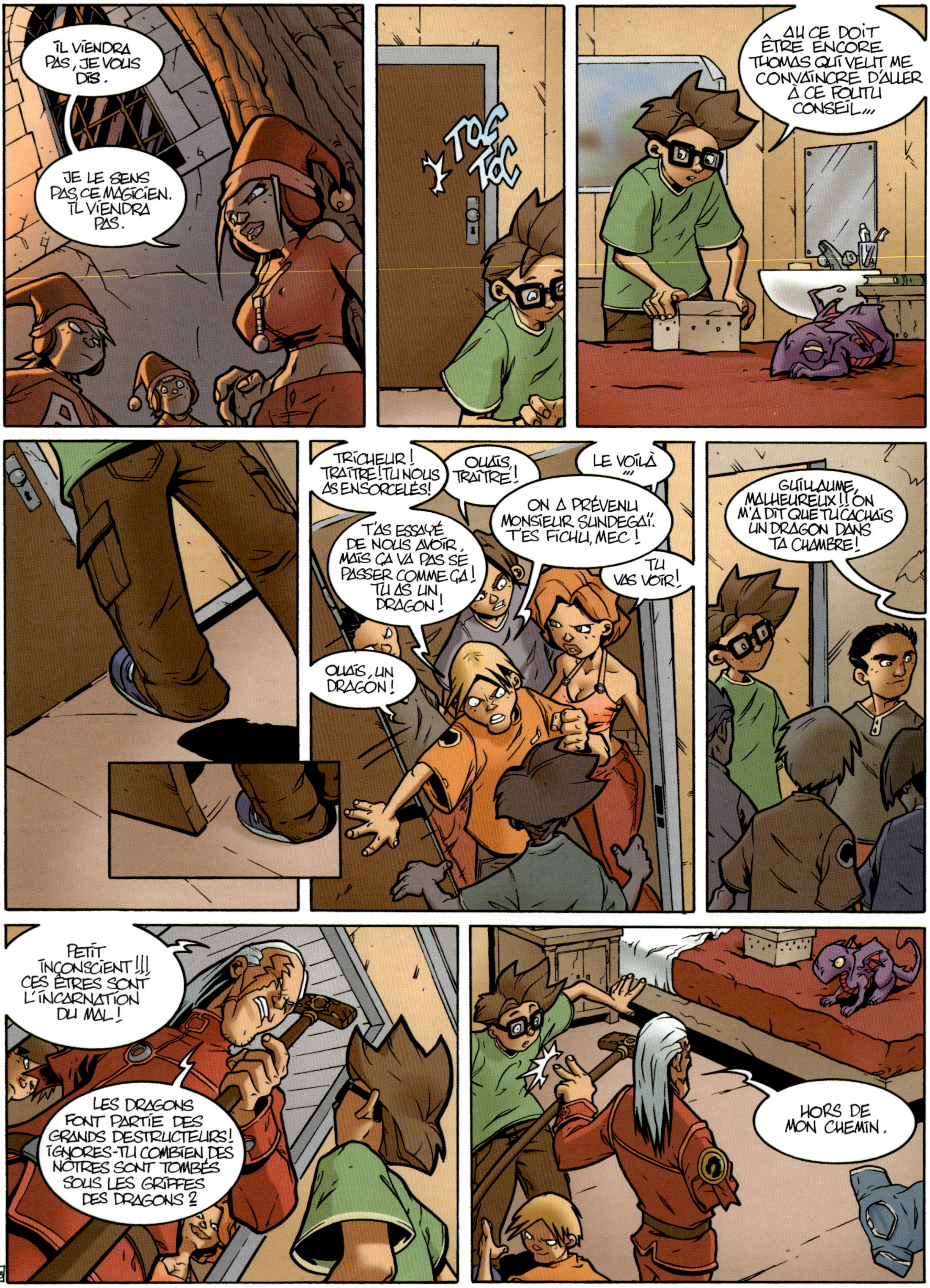
IL VIENDRA PAS, JE VOUS DIS.
JE LE SENS PAS, CE MAGICIEN. IL VIENDRA PAS.
TOC TOC
AH CE DOIT ÊTRE ENCORE THOMAS QUI VEUT ME CONVAINCRE D'ALLER À CE FOUTU CONSEIL...
TRICHEUR ! TRAÎTRE ! TU NOUS AS ENSORCELÉS !
OUAIS, TRAÎTRE !
LE VOILÀ...
T'AS ESSAYÉ DE NOUS AVOIR, MAIS ÇA VA PAS SE PASSER COMME ÇA ! TU AS UN DRAGON !
ON A PRÉVENU MONSIEUR SUNDEGAÏ. T'ES FICHU, MEC !
TU VAS VOIR !
OUAIS, UN DRAGON !
GUILLAUME, MALHEUREUX !! ON M'A DIT QUE TU CACHAIS UN DRAGON DANS TA CHAMBRE !
PETIT INCONSCIENT !!! CES ÊTRES SONT L'INCARNATION DU MAL !
LES DRAGONS FONT PARTIE DES GRANDS DESTRUCTEURS ! IGNORES-TU COMBIEN DES NÔTRES SONT TOMBÉS SOUS LES GRIFFES DES DRAGONS ?
HORS DE MON CHEMIN.

AINSI, VOILÀ LA BÊTE IMMONDE ...
OUAIS ! BÊTE IM-MONDE !
MEURS, CRÉATURE DE SATAN !
OUAIS ! SATAN !
NON !
UN NUAGE DE SAUTERELLES !
ATTENTION !
"NUAGE DE SAUTERELLES" EST INTERDIT PAR LA CONVENTION BI-BLIQUE ! IL A PAS LE DROIT !

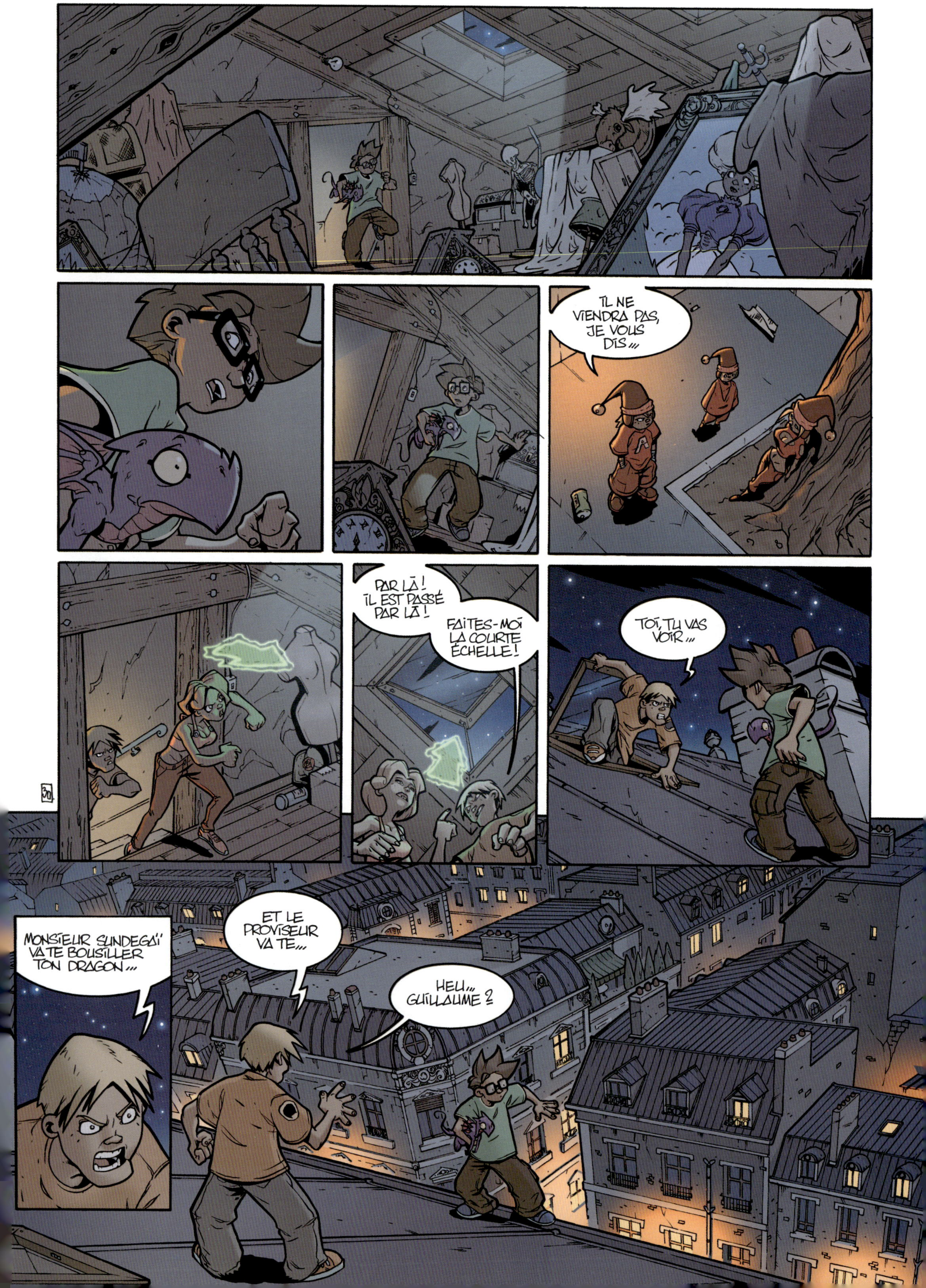
IL NE VIENDRA PAS, JE VOUS DIS...
PAR LÀ ! IL EST PASSÉ PAR LÀ !
FAITES-MOI LA COURTE ÉCHELLE !
TOI, TU VAS VOIR...
MONSIEUR SUNDEGAÏ VA TE BOUSILLER TON DRAGON...
ET LE PROVISEUR VA TE...
HEU... GUILLAUME ?

TU VAS PAS SAUTER, HEIN ?...
GUILLAUME ! DÉLIRE PAS GUILLAUME !
DRAGOUNET ! TU AS DES AILES, J'ESPÈRE QUE TU SAIS VOLER.
MRF ?
GUILLAUME !
JE VOUS DIS QU'IL VIENDRA PAS...
IL EST VENU !
CLAP CLAP
BON, IL EST OÙ, VOTRE CONSEIL ? ON Y VA ? ON N'A PAS TOUTE LA NUIT...
31

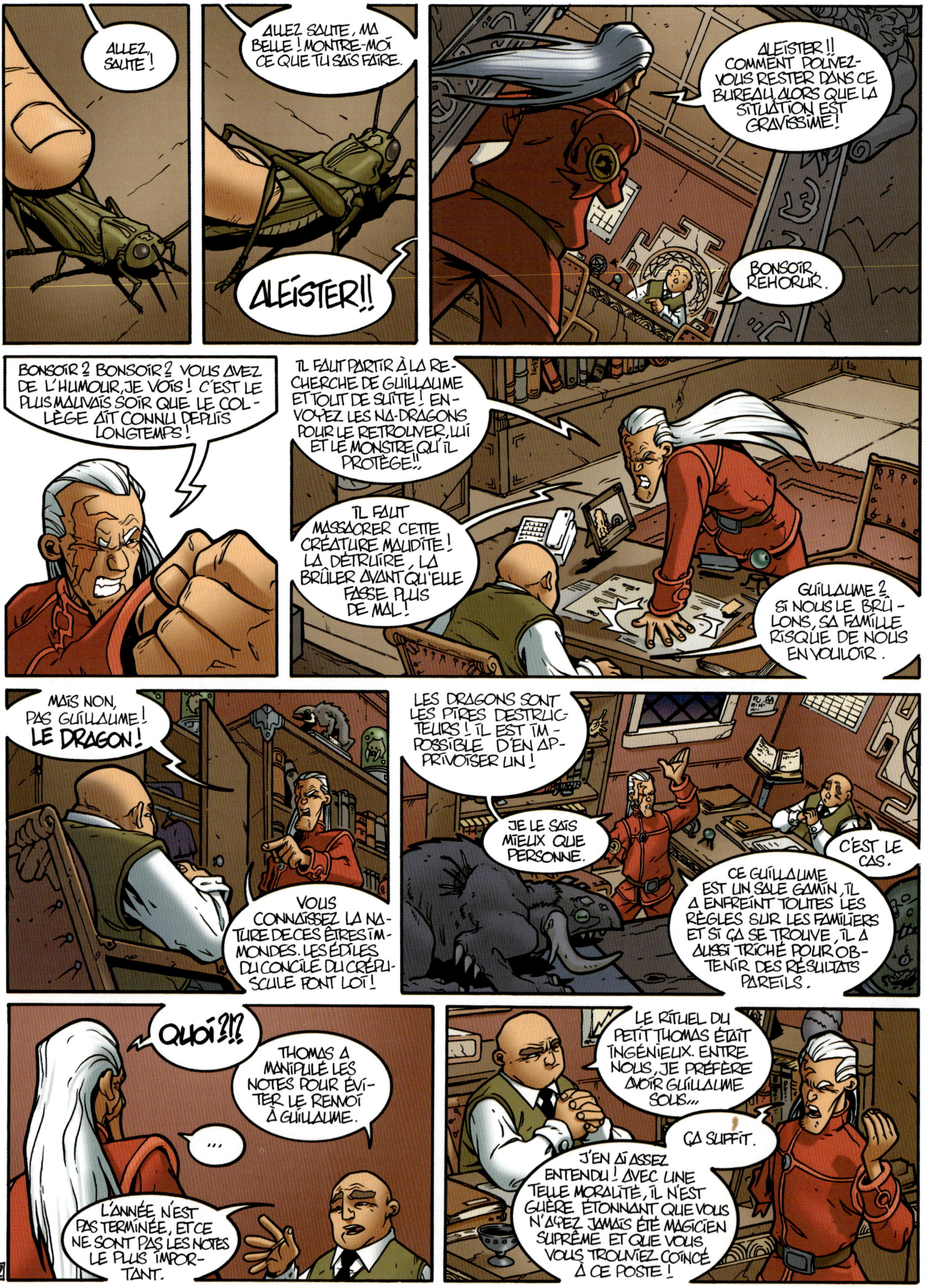
ALLEZ, SAUTE !
ALLEZ SAUTE, MA BELLE ! MONTRE-MOI CE QUE TU SAIS FAIRE.
ALEÏSTER !!
ALEÏSTER !! COMMENT POUVEZ-VOUS RESTER DANS CE BUREAU ALORS QUE LA SITUATION EST GRAVISSIME !
BONSOIR, REHORUR.
BONSOIR ? BONSOIR ? VOUS AVEZ DE L'HUMOUR, JE VOIS ! C'EST LE PLUS MAUVAIS SOIR QUE LE COLLÈGE AIT CONNU DEPUIS LONGTEMPS !
IL FAUT PARTIR À LA RECHERCHE DE GUILLAUME ET TOUT DE SUITE ! ENVOYEZ LES NA-DRAGONS POUR LE RETROUVER, LUI ET LE MONSTRE QU'IL PROTÈGE !!
IL FAUT MASSACRER CETTE CRÉATURE MAUDITE ! LA DÉTRUIRE, LA BRÛLER AVANT QU'ELLE FASSE PLUS DE MAL !
GUILLAUME ? SI NOUS LE BRÛLONS, SA FAMILLE RISQUE DE NOUS EN VOULOIR.
MAIS NON, PAS GUILLAUME ! LE DRAGON !
VOUS CONNAISSEZ LA NATURE DE CES ÊTRES IMMONDES. LES ÉDILES DU CONCILE DU CRÉPUSCULE FONT LOI !
LES DRAGONS SONT LES PIRES DESTRUCTEURS ! IL EST IMPOSSIBLE D'EN APPRIVOISER UN !
JE LE SAIS MIEUX QUE PERSONNE.
C'EST LE CAS.
CE GUILLAUME EST UN SALE GAMIN, IL A ENFREINT TOUTES LES RÈGLES SUR LES FAMILIERS ET SI ÇA SE TROUVE, IL A AUSSI TRICHÉ POUR OBTENIR DES RÉSULTATS PAREILS.
QUOI ?!?
THOMAS A MANIPULÉ LES NOTES POUR ÉVITER LE RENVOI À GUILLAUME.
...
L'ANNÉE N'EST PAS TERMINÉE, ET CE NE SONT PAS LES NOTES LE PLUS IMPORTANT.
LE RITUEL DU PETIT THOMAS ÉTAIT INGÉNIEUX. ENTRE NOUS, JE PRÉFÈRE AVOIR GUILLAUME SOUS...
ÇA SUFFIT.
J'EN AI ASSEZ ENTENDU ! AVEC UNE TELLE MORALITÉ, IL N'EST GUÈRE ÉTONNANT QUE VOUS N'AYEZ JAMAIS ÉTÉ MAGICIEN SUPRÊME ET QUE VOUS VOUS TROUVIEZ COINCÉ À CE POSTE !

DING DING
HEUREUSEMENT QUE JE SAIS PRENDRE LES DÉCISIONS QUI S'IMPOSENT !!
BONG BONG
GO GO GO ! DEBOUT ! CECI N'EST PAS UN EXERCICE !
BONG
CECI N'EST PAS UN EXERCICE ! TENUE DE CAMOUFLAGE !
FATAL FURY
ALLEZ, DÉPÊCHEZ-VOUS ! TENUE STREET-WEAR PAR-DESSUS LES ARMURES ! GO GO GO GO !
03
07
LE MAÎTRE NOUS ATTEND ! DÉPÊCHEZ !
EH BEN, CETTE FOIS, JE ME DEMANDE COMMENT JE VAIS POUVOIR L'AIDER, MOI, GUILLAUME...

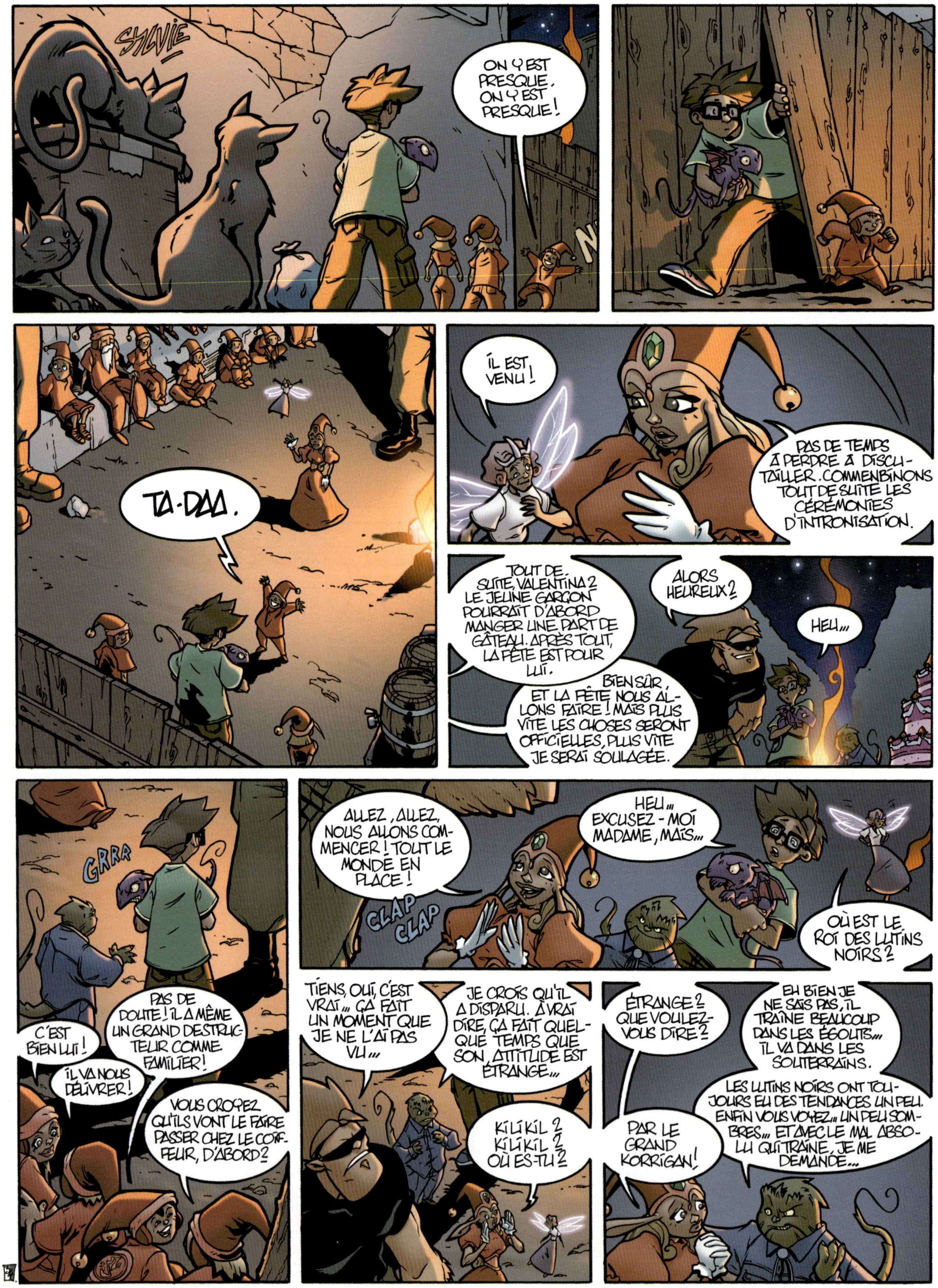
SYLVIE
ON Y EST PRESQUE, ON Y EST PRESQUE !
TA-DAA.
IL EST VENU !
PAS DE TEMPS À PERDRE À DISCUTAILLER. COMMENÇONS TOUT DE SUITE LES CÉRÉMONIES D'INTRONISATION.
TOUT DE SUITE, VALENTINA ? LE JEUNE GARÇON POURRAIT D'ABORD MANGER UNE PART DE GÂTEAU. APRÈS TOUT, LA FÊTE EST POUR LUI.
BIEN SÛR, ET LA FÊTE NOUS ALLONS FAIRE ! MAIS PLUS VITE LES CHOSES SERONT OFFICIELLES, PLUS VITE JE SERAI SOULAGÉE.
ALORS HEUREUX ?
HEU...
GRRA
C'EST BIEN LUI !
PAS DE DOUTE ! IL A MÊME UN GRAND DESTRUCTEUR COMME FAMILIER !
IL VA NOUS DÉLIVRER !
VOUS CROYEZ QU'ILS VONT LE FAIRE PASSER CHEZ LE COIFFEUR, D'ABORD ?
ALLEZ, ALLEZ, NOUS ALLONS COMMENCER ! TOUT LE MONDE EN PLACE !
CLAP CLAP
HEU... EXCUSEZ-MOI MADAME, MAIS...
OÙ EST LE ROI DES LUTINS NOIRS ?
TIENS, OUI, C'EST VRAI... ÇA FAIT UN MOMENT QUE JE NE L'AI PAS VU...
JE CROIS QU'IL A DISPARU. À VRAI DIRE, ÇA FAIT QUELQUE TEMPS QUE SON ATTITUDE EST ÉTRANGE...
KILIKIL ? KILIKIL ? OÙ ES-TU ?
ÉTRANGE ? QUE VOULEZ-VOUS DIRE ?
EH BIEN JE NE SAIS PAS, IL TRAÎNE BEAUCOUP DANS LES ÉGOUTS... IL VA DANS LES SOUTERRAINS.
LES LUTINS NOIRS ONT TOUJOURS EU DES TENDANCES UN PEU... ENFIN VOUS VOYEZ... UN PEU SOMBRES... ET AVEC LE MAL ABSOLU QUI TRAÎNE, JE ME DEMANDE...
PAR LE GRAND KORRIGAN !

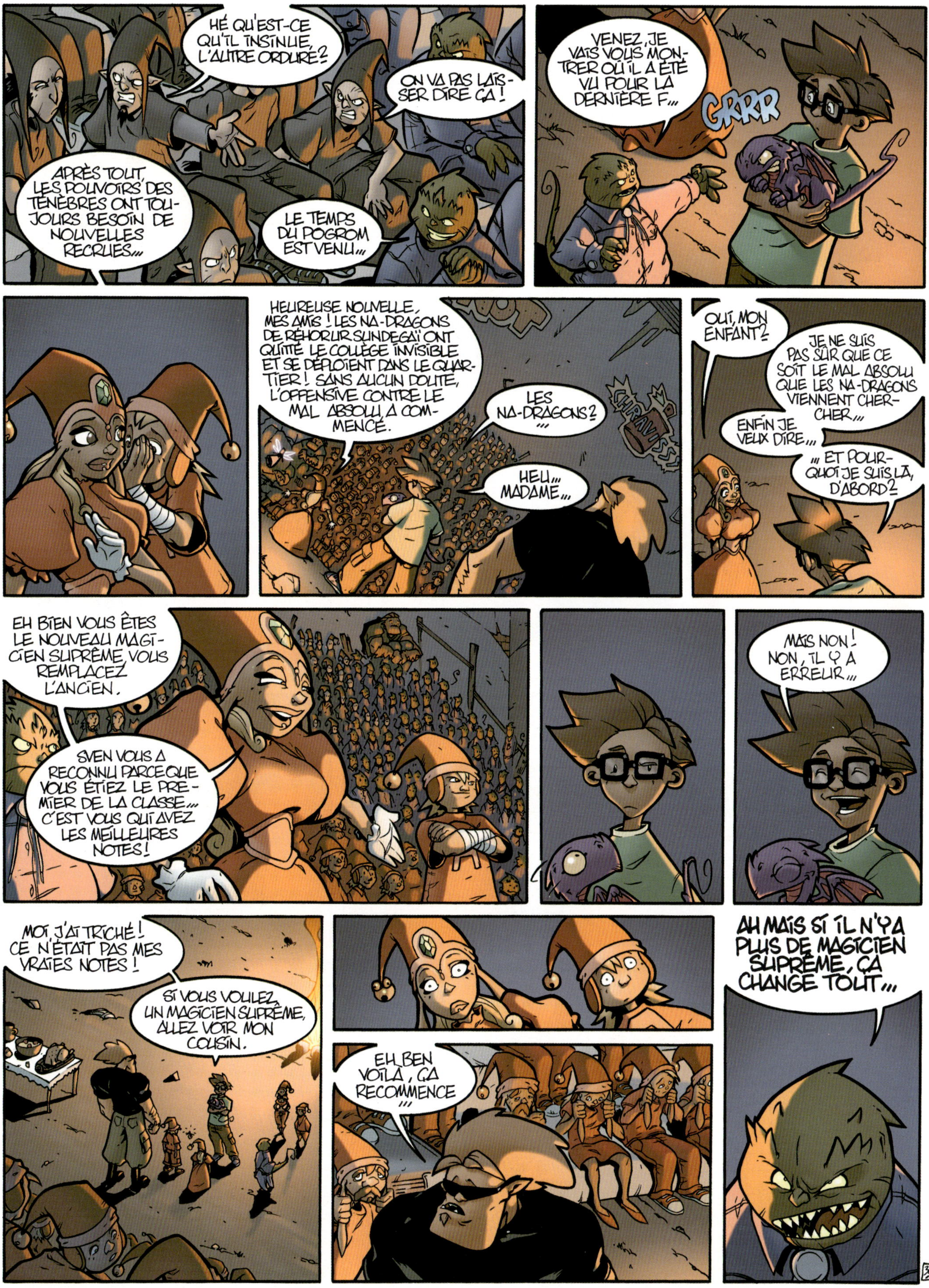
HÉ QU'EST-CE QU'IL INSINUE, L'AUTRE ORDURE ?
ON VA PAS LAISSER DIRE ÇA !
APRÈS TOUT, LES POUVOIRS DES TÉNÈBRES ONT TOUJOURS BESOIN DE NOUVELLES RECRUES...
LE TEMPS DU POGROM EST VENU...
VENEZ, JE VAIS VOUS MONTRER OÙ IL A ÉTÉ VU POUR LA DERNIÈRE F...
GRRR
HEUREUSE NOUVELLE, MES AMIS ! LES NA-DRAGONS DE RÉHORUR SUNDEGAÏ ONT QUITTÉ LE COLLÈGE INVISIBLE ET SE DÉPLOIENT DANS LE QUARTIER ! SANS AUCUN DOUTE, L'OFFENSIVE CONTRE LE MAL ABSOLU A COMMENCÉ.
LES NA-DRAGONS ? ...
HEU... MADAME...
OUI, MON ENFANT ?
JE NE SUIS PAS SÛR QUE CE SOIT LE MAL ABSOLU QUE LES NA-DRAGONS VIENNENT CHERCHER...
ENFIN JE VEUX DIRE...
... ET POURQUOI JE SUIS LÀ, D'ABORD ?
EH BIEN VOUS ÊTES LE NOUVEAU MAGICIEN SUPRÊME, VOUS REMPLACEZ L'ANCIEN.
SVEN VOUS A RECONNU PARCE QUE VOUS ÉTIEZ LE PREMIER DE LA CLASSE... C'EST VOUS QUI AVEZ LES MEILLEURES NOTES !
MAIS NON ! NON, IL Y A ERREUR...
MOI, J'AI TRICHÉ ! CE N'ÉTAIT PAS MES VRAIES NOTES !
SI VOUS VOULEZ UN MAGICIEN SUPRÊME, ALLEZ VOIR MON COUSIN.
EH BEN VOILÀ, ÇA RECOMMENCE ...
AH MAIS SI IL N'Y A PLUS DE MAGICIEN SUPRÊME, ÇA CHANGE TOUT...

GRRR
AVEC TOUS CEUX QUE J'AI DÉJÀ ABSORBÉS, JE SUIS ASSEZ PUISSANT POUR VOUS TUER TOUS ...
ET APRÈS VOUS AVOIR ABSORBÉS JE DEVIENDRAI PLUS PUISSANT ENCORE ...
PLUS PUISSANT QUE TOUT ...
LE MAL ABSOLU ...
TOI D'ABORD.
TROLL POWER !!
À L'ABRI.

APPELLE REHORUR SUNDEGAÏ... APPELLE REHORUR SUNDEGAÏ... CIBLE INTERCEPTÉE.
NON !
LA CIBLE EST REBELLE, ELLE TIENT TOUJOURS LE GRAND DESTRUCTEUR DANS SES BRAS...
NON, CE N'EST PAS LE MOMENT ! OUBLIEZ DRAGOUNET, IL Y A UN TRUC, LÀ, DERRIÈRE LA PALISSADE... UN TRUC HORRIBLE...
LA CIBLE SE MONTRE TRÈS DÉSAGRÉABLE ET REFUSE DE...
ÉCOUTE-MOI, BON DIEU ! C'EST LE MAL ABSOLU, LÀ, DERRIÈRE LES PLANCHES, IL FAIT UN CARNAGE !
MONSIEUR SUNDEGAÏ, NOUS AVONS UN PROBLÈME...
SÉCURISEZ LA ZONE !
DÉGAGEZ LE PETIT PEUPLE, LANCEZ LES SORTS DE DISCRÉTION...
L'OBJECTIF A CHANGÉ. LA CIBLE EST LE MONSTRE.
GO GO GO !

DEPÊCHEZ-VOUS ! MONTEZ VITE !
RASSEMBLEZ LES TROLLS ! FAITES-LES DES-CENDRE VERS LE CANAL !
ALLEZ ALLEZ, PAR ICI...
PAS DE PANIQUE, CE N'EST QUE TEMPORAIRE...
MAIS... LE MAL ABSOLU ...NOTRE CHEF ?
NE VOUS INQUIÉTEZ-PAS. ...
NOUS CONTRÔLONS LA SITUATION.
DU RENFORT ! ENVOYEZ DU RENFORT !

IL FAUT SORTIR DE LÀ...
SAUTE, COMME JE TE L'AI APPRIS... DANS LES ANGLES MORTS, JUSQU'À L'ENTRÉE DU TERRAIN VAGUE.
ENSUITE, TU NE M'ATTENDS PAS, TU FONCES!
D'ACCORD?
D'ACCORD!
SUZE
KLANG
ZIP
BIBI...
BIBI!

HÉ, TOI !
PAR ICI !
VITE ! ACCROCHEZ-VOUS !
AU CANAL ! IL NE NOUS SUIVRA PEUT-ÊTRE PAS !!
BEN SI, EN FAIT.
DRAGOUNET, IL FAUT QU'ON LÂCHE DU LEST...

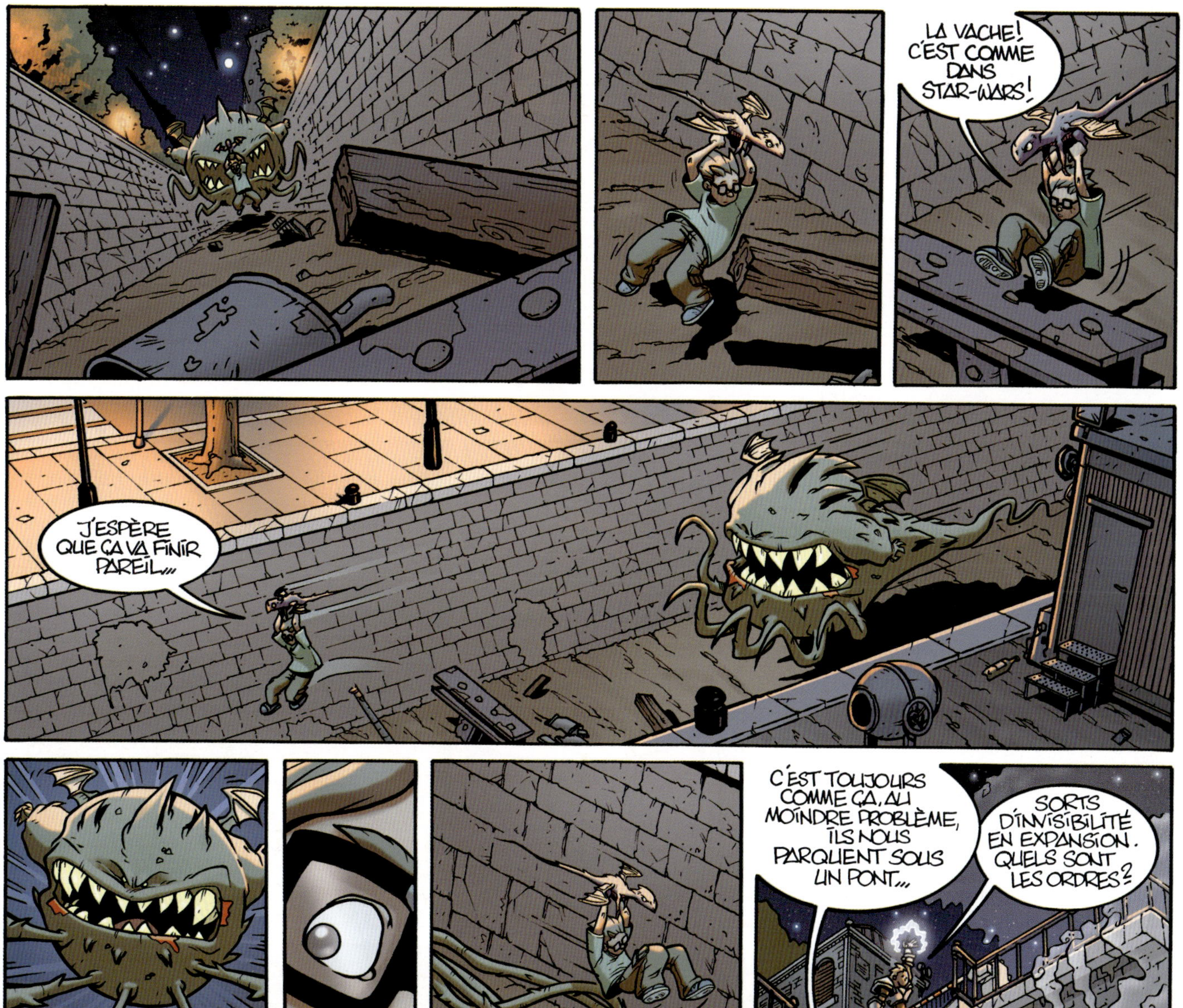
LA VACHE! C'EST COMME DANS STAR-WARS!
J'ESPÈRE QUE ÇA VA FINIR PAREIL...
C'EST TOUJOURS COMME ÇA, AU MOINDRE PROBLÈME, ILS NOUS PARQUENT SOUS UN PONT...
SORTS D'INVISIBILITÉ EN EXPANSION. QUELS SONT LES ORDRES?
MAIS NON, JE N'AI PAS EN-FREINT LE RÈGLE-MENT DU COLLÈGE!
SI JE SUIS LÀ, EN PLEIN MILIEU DE LA NUIT, C'EST PARCE QUE...
PARCE QUE, C'EST À DIRE, EUH, ENFIN LA RAISON, C'EST ...
GUILLAUME...!
41

LE PONT, FAIS-LE PASSER SOUS LE PONT !
QUOI ?!
FERMATUR PONTEM !
CLIC
PHARMACIE
VRRRRRR
VRRRRR
CLAC
ET VOILÀ ! ON SE RETROUVE ENCORE BLOQUÉS...
'Y A PAS DE JUSTICE...
TING
DRAGOUNET ! ARRÊTE-TOI NET !
¡¡¡¡K
BUT !
MAIS QU'EST-CE QU'IL FAIT ?
JE LE SENS PAS, LÀ...
BROUF

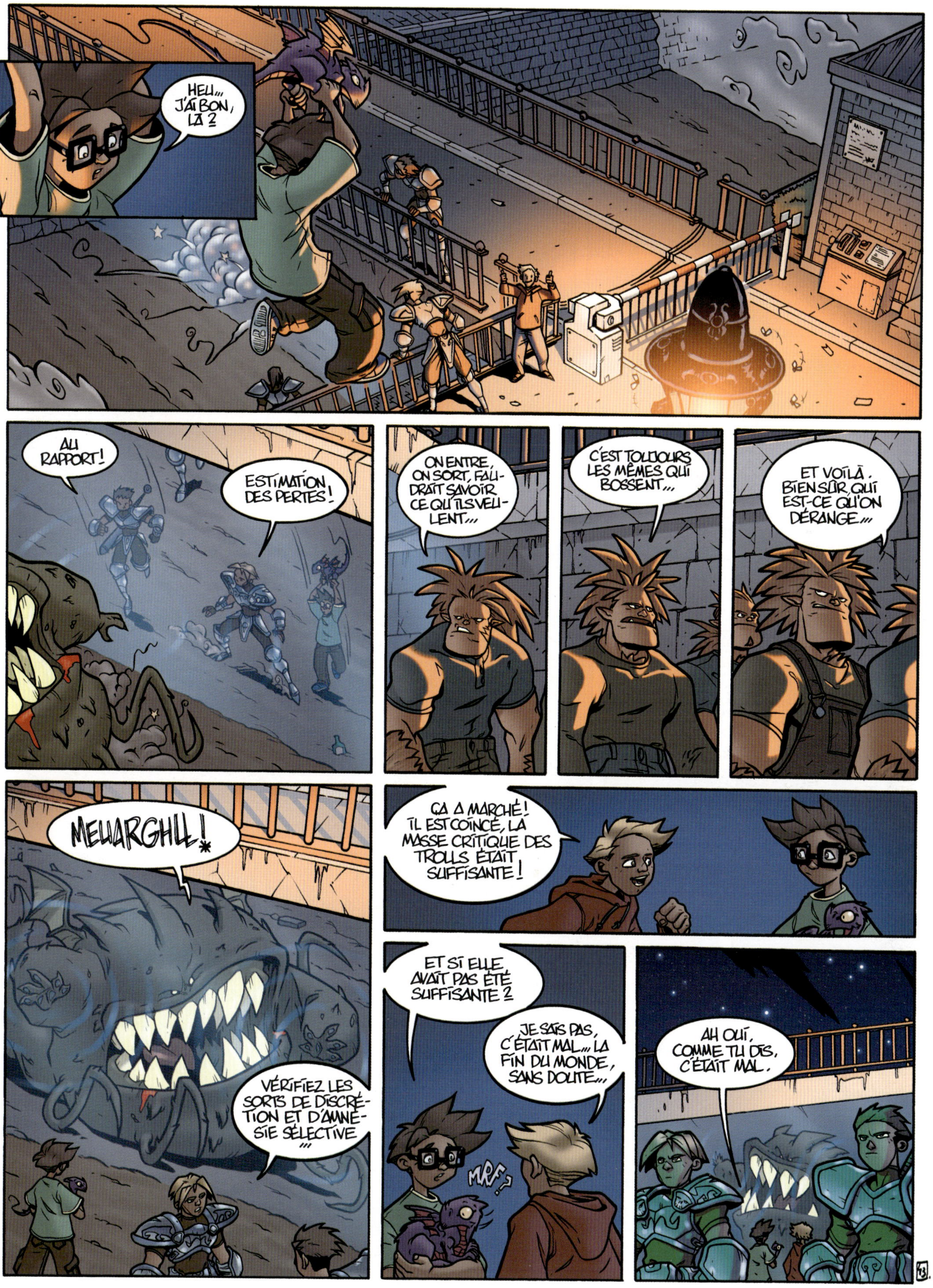
HEU... J'AI BON, LÀ ?
AU RAPPORT !
ESTIMATION DES PERTES !
ON ENTRE, ON SORT, FAUDRAIT SAVOIR CE QU'ILS VEULENT...
C'EST TOUJOURS LES MÊMES QUI BOSSENT...
ET VOILÀ. BIEN SÛR, QUI EST-CE QU'ON DÉRANGE...
MEUARGHLL !
VÉRIFIEZ LES SORTS DE DISCRÉTION ET D'AMNÉSIE SÉLECTIVE...
ÇA A MARCHÉ ! IL EST COINCÉ, LA MASSE CRITIQUE DES TROLLS ÉTAIT SUFFISANTE !
ET SI ELLE AVAIT PAS ÉTÉ SUFFISANTE ?
JE SAIS PAS, C'ÉTAIT MAL... LA FIN DU MONDE, SANS DOUTE...
MURF ?
AH OUI, COMME TU DIS, C'ÉTAIT MAL.

PROVISEUR ALEISTER...
HUM... L'AVATAR DU MAL EST À PRÉSENT SOUS LE PONT, ET SA SUBSTANCE A LIBÉRÉ LES TROLLS. IL EST MAINTENANT VULNÉRABLE...
LES ÉQUIPES DE NETTOYAGE ET DE RECONSTRUCTION DE RÉALITÉ SONT EN ROUTE.
REHORUR, VOUS AVEZ CARTE BLANCHE. RÉGLEZ LA SITUATION AVEC DISCRÉTION ET CÉLÉRITÉ.
QUANT À VOUS DEUX... NOUS ALLONS NOUS OCCUPER DE VOUS. RETOURNEZ À L'INTERNAT. LE CONSEIL DE DISCIPLINE VA RÉGLER VOTRE SITUATION AU PLUS TÔT.
ALORS LÀ, ON VA MANGER CHAUD...
REHORUR, PRENEZ LE DRAGON EN CHARGE ET RAMENEZ-LE AU COLLÈGE...
...VIVANT.

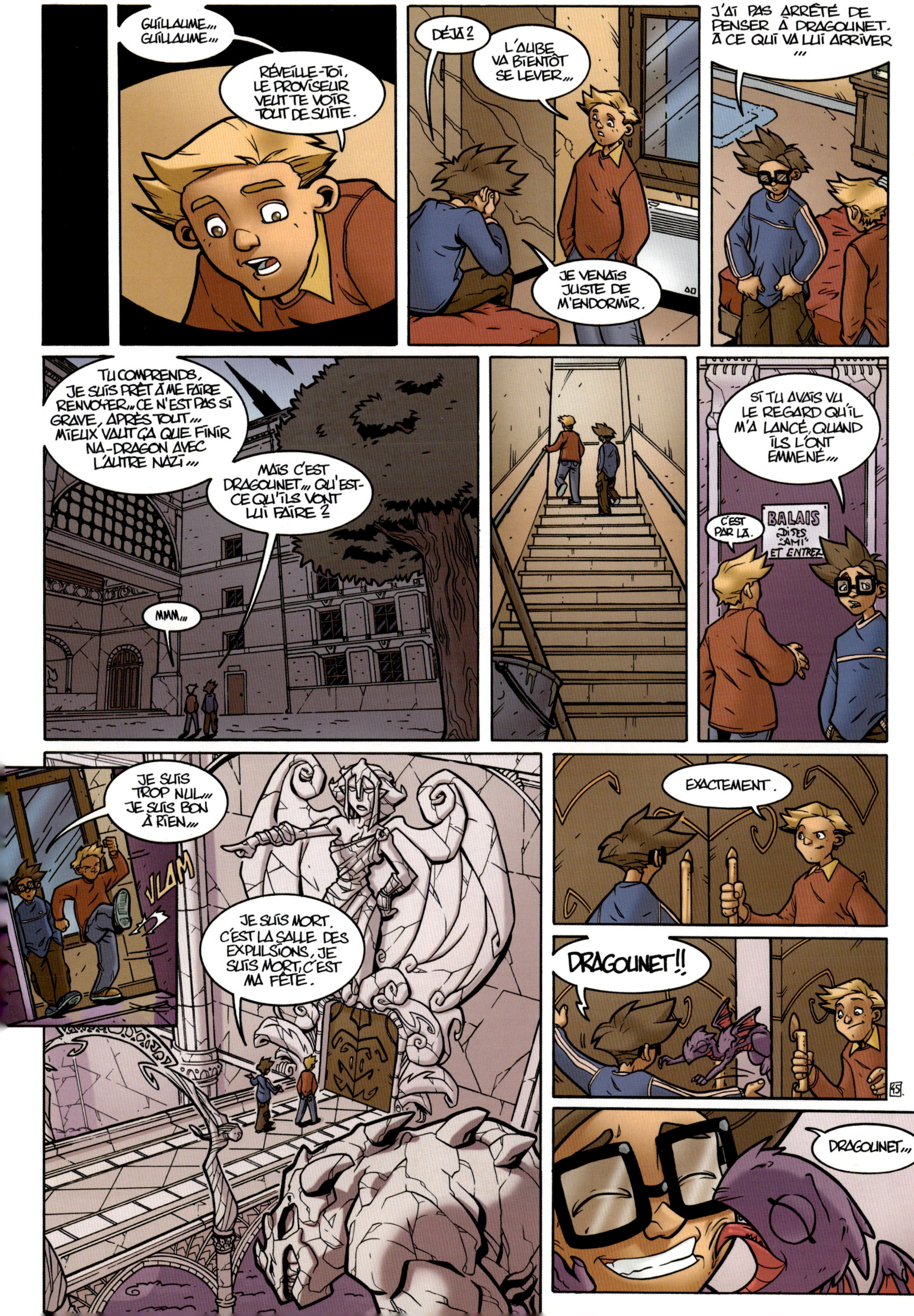
GUILLAUME... GUILLAUME...
RÉVEILLE-TOI, LE PROVISEUR VEUT TE VOIR TOUT DE SUITE.
DÉJÀ ?
L'AUBE VA BIENTÔT SE LEVER...
JE VENAIS JUSTE DE M'ENDORMIR.
J'AI PAS ARRÊTÉ DE PENSER À DRAGOUNET. À CE QUI VA LUI ARRIVER...
TU COMPRENDS, JE SUIS PRÊT À ME FAIRE RENVOYER... CE N'EST PAS SI GRAVE, APRÈS TOUT... MIEUX VAUT ÇA QUE FINIR NA-DRAGON AVEC L'AUTRE NAZI...
MAIS C'EST DRAGOUNET... QU'EST-CE QU'ILS VONT LUI FAIRE ?
MMM...
SI TU AVAIS VU LE REGARD QU'IL M'A LANCÉ, QUAND ILS L'ONT EMMENÉ...
C'EST PAR LÀ.
BALAIS
DITES "AMI" ET ENTREZ
JE SUIS TROP NUL... JE SUIS BON À RIEN...
VLAM
JE SUIS MORT. C'EST LA SALLE DES EXPULSIONS, JE SUIS MORT, C'EST MA FÊTE.
EXACTEMENT.
DRAGOUNET !!
DRAGOUNET...

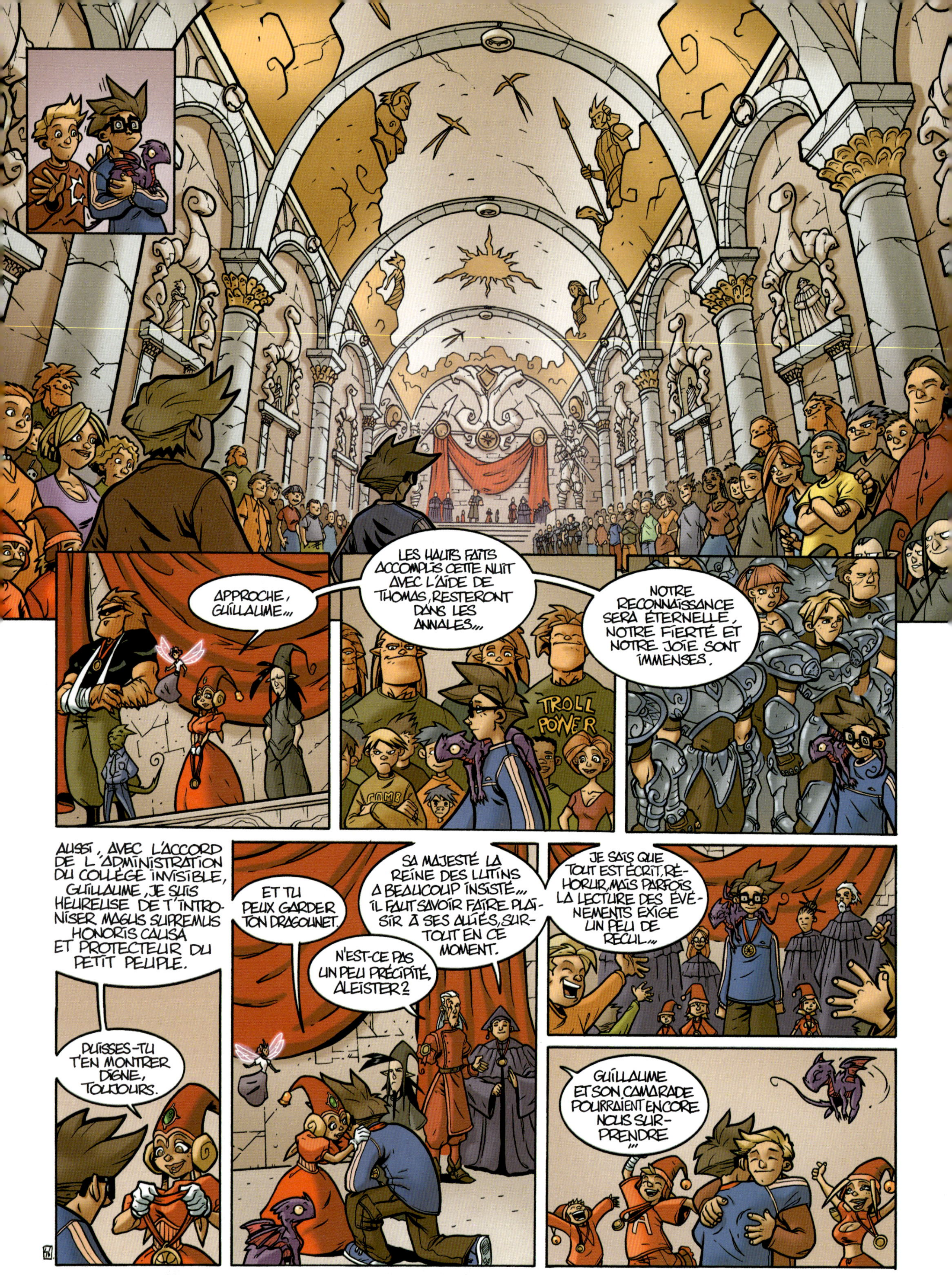


FIN DU PREMIER TOME.
ANGE/DONSIMONI 2001-2002.

GIGANTUM
DESTRUCTOR
TERRESTRAE
LYCEUM
LAPINUS
TERRA
MATER